[法]菲利普·迪昂 著 戴巧 译

她

Philippe Djian

{ OH... }

上海译文出版社

屋外天色阴沉,周围景物影影绰绰。暴风雨已远去,雷声渐弱,仿佛轻便马车的车轮从桥上驶过时发出的声响。

尤多拉·韦尔蒂
摘自短篇小说《一则新闻》
收录于小说集《绿帘》

我感到脸颊火辣辣的疼，应该是擦伤了，下颌也疼得厉害。摔倒时我还打翻了花瓶，我记得听到它落在地板上摔碎的声音。我感觉自己被玻璃碴划伤了，但我不能确定。屋外，太阳仍然挂在天上，天气不错。我慢慢缓过气来，感觉几分钟之后可怕的偏头痛又要发作了。

两天前，我在给花园浇水时，一抬头就看到了天空中那令人不安的讯息，那是一朵形状分明的云。我环顾四周，想看看这个信息是否是传达给别人的，然而周围并没有其他人。除了洒水的声音，一片寂静，没有人声喧哗，没有一丝风，也没有一点儿马达的噪声——只有老天爷才知道为什么平时附近常常传来割草机或鼓风机的声音。

通常而言，我对外界发生的事情非常敏感。一旦遇见任何凶兆——比如鸟不同寻常地飞过（可能还伴随着刺耳的尖叫声或哀号），或者傍晚时一缕阳光穿过层层树叶正好迎面照在我脸上——我就会接连数天把自己关在家里，不踏出门一步。还有那一次，我俯身给坐在人行道上的男人一些钱，他突然抓住我的手臂冲着我大喊："魔鬼，魔鬼的脸……如果我威胁要把他们杀了，他们就会听我的……！！"那个男人眼睛透出一股疯劲儿，不停地大声重复着这句话，还紧紧地拽着我不松手。那天回到家里，我立刻把火车票给退了，忘记了出行的目的，完全提不起一点儿兴趣。我不打算拿自己的生命开玩笑，也不会对收到的警告、讯息和信号视而不见。

十六岁时，我因为在巴约讷狂欢节多喝了几杯酒而错过了航班，结果那架飞机坠毁了。这件事情让我思考了很久。从那以后，我决定采取某些预防措施来保护自己的生命安全。我承认某些东西是确实存在的，尽管有人因此嘲笑我，我也丝毫不以为意。不知道为什么，我一直认为那些来自上天的信号非常准确，不可掉以轻心。我特别关注那些罕见的X字母形云朵，只要看到那种形状的云，我会立刻警觉起来。我不知道刚刚发生了什么。我怎么竟然会放松了警惕呢？尽管这可能和马蒂有一点（或很大）关系。我感到非常丢脸，又感到非常愤怒——对我自己感到非常愤怒，我的门上有条防盗链，我的门上有一条该死的防盗链，难道是我忘记拴上了？我站起身，打算把防盗链拴上。我咬着下唇，静静地站了一会儿。除了打碎的花瓶，一切井然有序。我上楼去换衣服。文森特要带女朋友来吃晚饭，我什么都还没准备。

那个年轻女人怀孕了，但那个孩子不是文森特的。关于这个话题，我也没什么好多说的，多说无益。我没有精力也没有心思和他争吵。当我意识到他和他父亲多么相似时，我简直要疯了。她的名字叫乔西。她在给文森特和她自己——还有那个即将出生的孩子——找一套公寓。当我们聊起这个国家首都租房的租金时，里夏尔假装要晕倒了。他一边来来回回踱着步，一边低声咒骂，这似乎已经成了他的习惯。我发现这二十年来他老了那么多，变得那么阴郁。"什么，按年还是按月？"他满脸不悦地说道。他拿不准能不能凑到足够多的钱。而我，他们总认为我手头十分宽裕而且收入稳定。

这回自然也不例外。

"那时是你想要个儿子。"我对他说，"别忘了。"

我离开他，是因为觉得他变得让人难以忍受，而今天，他比以往更有过之而无不及。我鼓励他恢复抽烟的习惯，或者开始练习跑步，以消除这种长期笼罩在他身上的阴郁与悲伤。

"去你的！不好意思，随便你怎么说，反正现在我没有钱。我以为他找到工作了。"他对我说。

"我不知道。你们俩好好聊聊。"

我也不想和他争吵。我和这个男人一起生活了二十多年，可有时我会问自己哪儿来的精力和他生活了那么久。

我开始放洗澡水。我的脸颊红红的，有点泛黄，就像陶土一样，嘴角有颗小血珠，头发全乱了，大半头发从发卡中散落出来。我往浴缸里倒了些浴盐。太荒唐了，已经傍晚五点了。那个叫乔西的女孩，我不太了解她，我也不太清楚该怎么看待这事儿。

日光异常美好而柔和，一点都不像发生过什么坏事。我仍不敢相信，在清朗的蓝天之下，竟然会有这样的事情发生在我身上。阳光照亮了浴室，我听到外面传来的声音，远处有嬉戏的孩子，朦胧的天际，还有小鸟和松鼠……

真舒服啊。泡澡具有神奇的功效。我闭上眼睛。过了一会儿，我不敢说把一切都忘了，但确实恢复了几分精神，本以为会发作的偏头痛并没有出现。我给饭店打电话，点了些寿司让他们送到家里来。

我和那些我自己挑选的男人，还有过更糟的经历。

我回到之前摔倒的地方，先把大块的花瓶碎片捡起来，然后又用吸尘器打扫了一下。想到几个小时前我就躺在这儿，我心跳又变快了，深深感到不安。我打算喝点酒，看到手机上有条伊雷娜——我母亲——发来的消息。她七十五岁了，我已经有一个月没见过她，也没得到任何关于她的消息。她说她梦见了我，在梦里我一直在向她求助，然而我根本没有找过她。

文森特看起来不太相信我的故事。"你的自行车状况很好。"他对我说,"但还是很奇怪。"我盯着他看了一会儿,然后耸了耸肩。乔西面色绯红。文森特刚才猛地抓住她的手腕,强迫她把手里的花生放了回去——据说她已经胖了二十多公斤了。

他们看起来一点儿都不般配。尽管里夏尔对他们的关系一无所知,却对我言之凿凿地说这类姑娘属于"床上问题",可"床上问题"是什么?她找着找着公寓,要求越来越高,不小于一百平米的三居室,还得在她喜欢的街区,符合她要求的公寓租金起码得三千欧元。

"我给麦当劳投了简历,等等看有没有消息。"文森特说。我鼓励他向这个方向努力,或者做点更有价值的事情。为什么不呢?养活一个孕妇可要花不少钱呢。"你最好想想清楚。"我很早——甚至在他把她介绍给我之前就告诫过他。"我并不是来征询你的意见的。你怎么想,我根本不在乎。"他答道。

自从我离开他父亲,他就这么对我。里夏尔是个出色的悲剧演员,而文森特则是他的最佳观众。我们吃完饭,他用多疑的目光再一次打量我,问道:"你怎么了?有什么事吗?"是的,我不停地在回想那件事,整顿晚饭我都在思考那件事。我是被偶然选中的,还是有人一直在跟踪我?是我认识的人吗?他们在讨论租金、婴儿房,而我对这些话题一点都不感兴趣，不过我很佩服他们所做的努力和他们的大胆尝试，竟然想要花招把他们的问题变成我的问题。我盯着他看了一会儿，想象如果我把下午发生的事情告诉他，他会是什么表情，可这已经不再是我的职责了，揣测我儿子的反应已经超出了我的能力范围。

"你和别人吵架了？！"

"吵架？"我不禁苦笑了一下，"文森特，你是说吵架吗？"

"你和别人打架了？"

"好啦，别说傻话了。我可没有和别人打架的习惯，不管是谁。"

我站起来，走到阳台上去看乔西。尽管晚上有些凉意，天气还是非常舒服的。她觉得闷，还在给自己扇风。孕期的最后几周最难受，我绝对不会再来一遍，我宁愿打开肚子，结束那种折磨。文森特很清楚。我从来不会美化那段时光。我一直希望他明白，希望他记住。我母亲也是这么对我说的，而我还好好地活着。

我们望着天空，黑夜中繁星点点。我用眼角余光观察了一会儿乔西。我见她的次数大概一只手就能数过来，对她知之甚少。她并不让人讨厌。我有点同情她，因为我知道我的儿子文森特是什么样的人。可是她身上有一种坚硬的东西，冷静而执拗。我觉得只要她愿意花点力气，她就能摆脱现状。我感到她性格坚韧,身上隐藏着某种东西。

"那么预产期是在十二月。"我对她说道,"快了。"

"他说得对。"她说,"我们完全打乱了您的生活。"

"没有,一点儿也没有。还行。他不了解我。"我答道。

送走他们之后,我仔仔细细关好门,在底楼巡查了一圈,那里有台绞肉机。检查完门窗,我回到自己房间。直到破晓时分,我也没能合上眼睛。早晨,天空变成蓝色,又是阳光灿烂的一天。我去看望母亲。在客厅里,我遇见了一个健壮而又十分普通的年轻男人。

他正打算离开母亲的公寓,对我眨了一下眼。我暗自琢磨昨天侵犯我的人是不是也是这副长相,是不是也是一脸得意洋洋的样子。我只记得那个人蒙着面,面罩上只在眼睛的位置留出两个洞,至于那个面罩是黑色还是红色的,我已经记不得了。

"妈妈,你给他们付了多少钱?多么可悲啊!你不能换换口味吗?我不知道……比如找个知识分子或者作家去约会。到了你这个岁数,我不觉得你还需要这种像种马一样的男人。"我说道。

"随便你怎么说。我不需要为了我的性生活而感到脸红。你父亲说得对,你就是个令人讨厌的小婊子。"

"妈妈,够了。别跟我提他。让他在监狱好好待着。他在那里过得很好。"

"你在说什么呢，我可怜的女儿?！你父亲过得很不好。他疯了。"

"如果他疯了，你应该和他的心理医生谈谈。"

她招呼我一起吃早餐。我猜上次见她之后，她又让人动过脸了，或者打了瘦脸针什么的，不过我倒也不在乎。自从那个作为她丈夫的男人——不幸的是，也是我父亲的那个男人——被关进监狱之后，她彻底改变了生活方式，彻底堕落了，尽管起初她这样做也是有其正当理由的。最近几年，她花了不少钱在整容上面。有时候，在某些特定光线下，她的脸会让我吓一跳。

"好了。你找我有什么事?"

"我找你? 妈妈，是你给我打的电话。"

她木然地盯着我看了一会儿。

接着她欠身凑近我，对我说："想好了再回答我。不要随随便便答复我。好好想想。如果我再婚，你觉得怎么样? 想清楚再回答。"

"很简单，我会杀了你。根本不需要思考。"

她轻轻地摇了摇头，双腿交叉，点燃一支烟。

"你眼里的世界一直这么一板一眼的。"她对我说，"那些阴暗的东西、异常的东西总是让你感到恐惧。"

"我会杀了你。少和我说你那些鬼话，你就是对我有成见。"

说完，我闭上眼睛。诚然，她旺盛的性欲总让我惊讶不已，而且我对此并不赞同，更确切地说，我对此相当反感，但我决定对这个问题表现得开放包容。如果这是她排遣愁闷的方式，我能够接受，但我不想了解细节，到此为止即可。然而现在她表现得有点太过认真，事态开始朝着不可控的方向发展。比如结婚，我当然要干预了。是谁幸运地成为了她的心上人？她认识了什么人？那个出现在我们生活中并给我增添忧虑的叫拉尔夫的男人究竟是谁？

曾经有个律师据说爱她爱得发狂，我告诉他我母亲是病毒携带者，成功地拆散了他们；之后还有个公司总监，我把我们的真实身份告诉他，立刻浇灭了他的热情。不过他们都没向她求过婚。

我不认为自己能够容忍这么荒唐的事情。七十五岁的老女人，婚姻，鲜花，蜜月。她就像那些可怕的上了岁数的女明星，化着浓厚的妆容，挺着五千欧元一对的高耸的双乳，瞪着一双忽闪忽闪的大眼睛，皮肤晒成深深的古铜色。

"我想知道往后几年，谁帮我付房租？我想要你告诉我。"说完，她叹了口气。

"当然是我。一直都是我付的，不是吗？"

她微微笑了一下，然而很明显，她十分失望。

"你可真够自私的，米歇尔。太可怕了。"

我给刚刚烘好的切片面包涂上黄油。尽管有一个月没见她了，此刻我只想离开这里。

"想想，如果你发生了意外。"她说。我想回答她说这种可能性值得一试。

我在一片面包上涂满了树莓果酱，厚厚的一层，我是故意这么做的。我手上也难免沾满了果酱，我向她伸出了手。她犹豫了。果酱看起来像凝结的血块。她盯着果酱看了一会儿，对我说：

"我想，他没有几年了。米歇尔，我想你应该知道，你父亲活不了几年了。"

"多好，终于可以摆脱他了。这就是我想说的。"

"你不必这么冷酷，你知道……不要做会让你抱憾终生的事。"

"什么？抱憾终生？你在说什么胡话？"

"他已经付出了代价。他在监狱里待了三十年了，那件事已经很遥远了。"

"我不会这么说，我不觉得遥远。你怎么能说出这么荒谬的话？遥远。你觉得很遥远？你需要望远镜吗？"泪水从我的双眼涌出来，仿佛我刚刚咽下了一大勺芥末。"我不打算去，妈妈。我根本不想去。别幻想了。对我来说，他早就死了。"

她责备地看了我一眼，然后转身面对窗户。"我都不确定他是不是还认识我，但他问起了你。"

"是吗？但这和我有什么关系呢？你想要我怎么做？你什么时候开始替他做起了传话筒？"

"别再拖下去。我只想告诉你，别再拖下去。"

"听好了，我绝不会去那个监狱的。我不可能去看他。在我的大脑里，他已经变得模糊了，如果可以的话，我希望他从我记忆中彻底消失。"

"你怎么能这么说？太过分了。"

"别再胡说八道了。求求你，可怜可怜我吧。那个魔鬼破坏了我们的生活，你忘了吗？"

"并不全都是坏的。他并不是一无是处，事实上比你说的要好多了。你很清楚。他不能唤起你一点点同情吗？"

"同情？妈妈，好好地看着我。我一点都不同情他，一丝一毫都没有。我希望他就这样老死在监狱里，我永远不会去看他的。别再抱有幻想了。"

她不知道我经常梦见他。更确切地说，我只看到了他的身影——漆黑的身影，因为在梦里，光线总是半明半暗。头和肩膀的轮廓十分清晰，但我分辨不出他是正面对着我还是背对着我，我也不知道他是不是看着我。他好像坐在那儿。他一言不发，似乎在等待什么。当我醒来的时候，那个场景——那个影子——仿佛深深印刻在我的脑海里。

我不禁想，我所受到的侵犯也许和我父亲当年那些勾当有着某种联系，就像每次我们——我和母亲——遭受磨难时心中泛起疑问一样，曾经我们也是这样，仅仅因为我们是他的妻女，不得不承受人们的唾骂和殴打。一夜之间，我们仿佛脸上被刺了字一样，失去了所有亲朋好友。

那些半夜打来的匿名电话，深夜里的辱骂，侮辱性的信件，翻倒在家门口的垃圾桶，墙壁上的涂鸦，邮局里被人故意挤开，小贩对我们冷嘲热讽，玻璃窗被打碎，我都已经见怪不怪了。谁也不能保证说一切都已平息，也许正有人在某个角落暗中计划再攻击我一次。怎么能相信巧合呢？

当天晚上，我收到一条短信："我觉得对于你这个年纪的女人来说，你还挺火辣的，还不错。"我惊得目瞪口呆，一屁股坐了下去。我又读了两三遍，然后回复道："你是谁？"然而之后再也没有答复。

整个早晨和下午的一段时间，我都在读剧本。我把它们堆在书桌旁的地板上。我想，也许能从中找到线索，说不定就是某个被我批评过、怀恨在心的年轻作家。

路上，我在一家防身用品商店稍作停留，买了几件防身喷雾，里面含有胡椒成分，可以用来喷眼睛。瓶子小小的，非常实用，可以喷好几次。我年轻的时候经常随身带着这玩意儿。那时我跑得非常快，不害怕乘坐公共交通，动作也非常敏捷。那些年，我学会了很多，快速躲闪，快速奔跑，两分钟我就能绕着一大片房子跑一圈。现在，我跑不了那么快了。那一切都结束了。幸运的是，我不再需要逃跑。如果我愿意的话，我可以重新开始吸烟，谁会关心这个呢？

下午过半，我停下了沉闷的阅读。

我合上一本蹩脚的稿子，意识到自己愚蠢地浪费了那么多时间，大概没有比这感觉更糟的事情了。其中一本从办公桌上空越过，最后落入一个专门用来回收稿件的两百升的垃圾桶里。有时候，这样浪费时间使人感到痛苦，有时候，稿子蹩脚得让人想哭。快到傍晚五点的时候，我又想起了那个侵犯我的人，因为就在四十八小时之前的这个时间点，他就像突然从恶作剧盒子里逃出来的魔鬼一样，趁我在忙着照管马蒂的时候，破门而入，溜进了我家。

刹那间，我意识到他应该一直在监视我，等待时机。他一直在监视我……一时间，我被自己的发现惊呆了。

我走进办公室，拿起信件，阅读消息，接着打了几个电话，布置了几项工作。安娜进来和我聊了一会儿，结束时，她对我说："我觉得你的神情很奇怪。"

我有点惊慌失措，忙说："没有的事。正相反，你看今天天气多好啊，阳光灿烂。"

她笑了笑。如果我打算找人倾诉的话，安娜无疑是最合适的人选。我们相识很长时间了。然而有什么东西阻止我这么做。是我和她丈夫的关系吗？

我去看了妇科医生，做了一系列必要的检查。文森特给我打电话，问我是否至少能帮他做担保。我沉默了几秒钟。

"你对我很粗鲁，文森特。"

"是的，我知道。他妈的，原谅我吧，我知道。"

"我不能给你这笔钱，文森特。我在为退休做准备，我以后不打算靠你养活。我无法接受你为了我而不得不工作。我不想成为你的负担。"

"知道了，好吧，我明白，妈妈。他妈的，至少帮我做个担保吧。"

"不要有求于我的时候才来找我。"

我听到他拿着听筒在敲不知道什么东西。他很小的时候脾气就很坏，和他父亲一模一样。

"他妈的，妈妈，就告诉我行还是不行吧。"

"别再说'他妈的'了。你这样说话是什么态度？"

我们约房东见了面。经济的萧条和不确定性，让租房这么一桩小小的交易充分展示出人与人之间的相互猜疑：户口本、身份证、年度收入，各种证明，复印件，声明，保险，证件，手写的函件，宗教，还有房东为了避免随后可能产生矛盾所设的种种预防条款。我心想这一切都是玩笑吧，然而并不是。

办完事，文森特说要请我喝一杯，于是我们走进一家酒吧。他点了一杯夏威夷啤酒，我要了一杯产自南非的干白葡萄酒。我们碰了碰杯，庆祝他成功租下这套六十五平米、面朝正南、带着小阳台的三居室，而我为他做了担保。

"你明白这意味着什么,文森特,那么就承担起你的责任来。如果你不按时交房租,那就又得我来,但是我不会坚持很久的。你在听我说话吗?这可不是过家家,文森特。我不仅仅为你们担心,还有我自己,以及你的外祖母,她的房租也是我付的,你知道的。文森特,他们现在反应非常迅速,不会拖拖拉拉的。他们可以迅速冻结你的账户,起诉你——起诉费用都会让你来承担,法院会派执行官到你家,让你丢尽脸。我也不想多说什么,总之,当心这些搞投机的人,他们双手已经沾满鲜血,也不会在意再多搞几个人的。"

他注视了我一会儿,微笑着答道:"我变了,只是你没发现。"

我当然愿意相信他的话。我愿意拥抱他,感激地亲吻他,但我想还是等着看他的实际行动吧。

我回办公室开会。一共大概有十几个人出席了会议。最近几个月,每周例会的气氛都非常紧张,因为他们度假回来之后完成的工作简直毫无价值可言。他们交上来的东西既缺乏新意又不够精彩。我已经竭尽全力称赞他们,并且对他们出色的写作才华进行了不遗余力的吹捧,但我讨厌他们沮丧的表情。

其中十来个是男人。也许那个强奸犯就在其中?也许是我错误地批评了某个人的工作而没有意识到,因为我读到的东西都一样平庸，毫无差别。然而我没发现什么异样。我无法确定其中有没有某个人的眼神属于那个不慌不忙强奸了我的人。不久之前，我还确信一旦那个坏人出现在我面前，就算他戴着头罩，我也会把他认出来，我的身体会发抖，我身上的一切都会发出警报。可现在，我不那么确定了。

众人起身离开，我混在他们当中，送他们出去。我利用狭窄的走廊，试着靠近他们，为不小心碰到他们道歉，但是我什么都没感觉到，也没有辨别出特别的气味或香水味。我一边激励他们如果还想要保住工作的话，下周一定要尽力展示出他们的才能——没有人会拿这个开玩笑，一边偷偷地一个一个观察过去，可我什么都感觉不到，一点儿都感觉不到。

最终，我还把我的可怕遭遇讲给里夏尔听。

他的脸色一下子变得苍白，接着他站起来给自己倒了一杯酒。

"你觉得我很火辣吗？"我问道。

他长长叹了一口气，在我身边坐下，摇了摇头。然后他抓起了我的一只手，用两只手紧紧地握住，没有说话。

如果问我曾经对哪个男人产生过深厚的感情，那就是里夏尔了吧。再说我还曾经嫁给他。即便现在，通过一些小事，比如他握着我的手、担心地看着我，仿佛在互相无法容忍的海洋中又冒出了几座情感融洽的小岛，我感觉到那些年的共同生活还留着一点点余韵。

除此之外，我们相互厌恶。确切地说，他讨厌我。他写的剧本卖不出去，他只能去帮电视台拍摄蹩脚的电视剧，参加那些乱七八糟的项目，和一群笨蛋一起工作，而这一切似乎部分过错在我。我没有尽到妻子的职责，没有听他倾诉，我也从没有花力气动用我的人际关系帮助他。从一开始，我就不看好他，可能我是全世界最不看好他的人了，诸如此类，等等等等。我们两败俱伤。裂痕就这样产生了。

我自己不会写剧本。在这方面，我并没有天赋，但是我知道如何辨别手中剧本的好坏。我不需要再证明自己，因为在这个领域，我已经小有名气——如果安娜·万格洛夫不是我的朋友，我早就把自己卖给中国人了，他们的猎头可厉害了。因此我完全有资格说里夏尔从来没有写出过精彩的剧本，然而这也未必是好事。

"我不会说你太火辣了。"他说道，"但我也不会说你不是。就我所知，你介于两者之间。"

空气中弥漫着某种讯号，但此时此地，我无意与他同眠共枕。有时我们默认这种差异，但那是非常罕见的情况。二十年共同生活，同时产生欲望也不是每天都会发生的。

我看了看他，耸耸肩。伸出援手有时并不足够——这个男人还是没有完全学会。

他盯着我看，神情怪异。"我又没有生疥疮。"我冷笑道。现在我只想他快点离开。傍晚了，树叶被染成红色。
"本来结果可能更糟。我没有残疾，也没有毁容。"

"不管怎么说，你对这件事的反应让我不知所措。"

"是吗？你觉得应该怎么做呢？你更愿意看到我呕吐吗？还是你想让我去疗养一下，让人给我扎几针，或者去看看心理医生？"

四周静悄悄的，太阳快掉到地平线下面去了，光线柔和。不论人世间发生什么，世界依旧那么美好。这就是最可怕的地方。在我们分开前，里夏尔还没脱发，但是这两年，他头发掉得厉害。当他俯身亲吻我的手时，我看到他头顶上那一小片已经成形的地中海散发出粉色的柔光。

"里夏尔，如果还有什么要问我，就快点问，然后你就可以走了，我很累。"

我借着暮色走到阳台上，感觉自己被邻居们的房子围绕着，灯光从他们屋子的窗户透出来，房屋之间的过道被照得通明，花园中也没有一处阴影，但我不敢冒险，严阵以待。这种状态我再熟悉不过了，起初几乎没有一刻可以放松，直到我们搬家之后才一点点淡忘，消失大半。时刻小心戒备，随时准备躲闪逃避——不回应，迅速脱身，摆脱追踪者，这些我都了解。

四天快过去了。我点燃一支烟。现在，在我的大脑里，事情的经过似乎愈发清晰了。当时，我听到马蒂喵喵地叫，于是走到屋后去开门,那时我还在琢磨为什么这傻猫没有绕到前门去。我猜是那个男人把它抓住了,引我走出去,而我也确实像他预计的那样做了:我放下了手中的读物,走了过去。不过相反的是,有关他侵犯我的那一部分,我一点也不记得了。我太紧张了,那些年我为了躲避被父亲激怒的人们所承受的压力的总和也不过如此。我的大脑失灵了,没有记录下侵犯过程中的任何东西。因此从理论上说,我根本说不出什么具体细节,也不可能知道当时我的身体如何反应,更不可能知道该如何面对那种让我窒息的愤怒与狂暴。

我既不觉得伤心欲绝,也没有就此一蹶不振。愤怒,那是肯定的,但我还扛得住。我从来没有尝试过鸡奸,所以出了点血,但也不是什么大事。这都微不足道。我都没什么印象。然而,那条短信的内容、嘲讽的语气、亲密的人称以及轻蔑的措辞,让我认为这是一种惩罚,多半和我的工作或与我父亲干的那些坏事相关,另外也说明发消息的人认识我。

脸颊倒还好,用点粉底液和散粉就能够见人了,但是手臂和手腕上还有一些难看的淤痕。当时那个人用手紧紧地抓住我的手臂,把我禁锢在地板上,我只能用衣袖把那些手铐似的环形淤青遮住。还好,老天保佑,这就是全部。至少我不像有些更倒霉的受害人那样被弄瞎眼睛、折断牙齿、打断腿或者更糟,至少我还能决定把这事搞到多大——如果我想继续追究的话。事实上,我没办法和她们产生共鸣,我没办法加入那个庞大的队伍,我不想一直背负着这件事情,让它变成人生的印记——就像那个印记一样。我也不准备因此丢掉工作,我没有时间分心,我必须在工作上全力以赴。我现在的地位不是偷来的,我也清楚在如今的失业大潮面前,这个地位也可能转瞬即逝,没有人是安全的,什么都可能发生——有人只是疏忽了一小会儿,就失去一切。生活就是这么残酷。

母亲又和我提起了父亲的事。她觉得圣诞节前后比较合适,并且强调那可能是他意识清楚的最后时刻了。我什么都没说,挂上了电话。

我回到家,关上门,仔细检查了每一扇门、每一扇窗。我上楼走进卧室。马蒂跳到床上,伸了伸懒腰,打了个哈欠。我把防身喷雾放在了房间里,它每次可以以时速一百八十公里喷出六毫升有效物质。

在里夏尔发现我和罗伯特·万格洛夫的关系之前,我就离开了他,因为我不想让他受到无谓的伤害。我从来无意伤害里夏尔。事实上,我想我是感到羞愧的,我和安娜的丈夫搞了婚外情,安娜曾经是,也一直是我最好的朋友。可是不这样就无聊得要命,不这样就等于自杀。一天早晨,一个叫罗伯特·万格洛夫的男人出现在你面前,这是一个平平无奇的男人,一个小透明,笑起来的样子有点傻,可你心想"为什么不呢",你犹豫了,分裂成了数百万个优柔寡断的小细胞，这就是我惹上这场风流官司的过程。这个肚子开始微微发福的白种男人，性格还算温和但平庸无趣，我不知道该怎么摆脱他，更何况他作为情人也不算太糟，但也仅此而已。

他给我打电话，说："安娜这周末不在。你能……"

我打断了他的话："罗伯特，我最近不太方便。"

"是吗？怎么了？我会待几天。"

"我知道了，罗伯特，但我真的不行。"

"戴着避孕套也不行吗？"

"是的，对不起。你这次出差怎么样？卖掉了很多鞋子吧？"

"那些意大利人正在搞我们。我再给自己一年时间，最多两年。"

"过节那会儿你会在吗？我还不清楚，什么计划都没定。"

"过节我可能抽不出身。"

"好的，我知道你过节的时候不方便。罗伯特，没关系，我了解你的状况。你知道我不喜欢把事情搞复杂。"

我挂上了电话。

没有人知道我和他的关系，这简直是个奇迹。有次聊天的时候安娜对我说她选择了一个外表平平的男人，就为了以后省心一点。我没有评论。

我希望即便我们分手也依然是朋友。不过说真的，我没什么信心。我对他不太了解，尽管我们一起睡过觉，并没有让我多了解他一些，然而我的直觉告诉我，他并没有把我仅仅当作朋友。里夏尔和他之间的关系一直淡淡的。"他妈的，他到底哪里吸引了她？"里夏尔常常提出这个问题，尤其是我们四个人共进晚餐之后。晚餐过程中，他试着和她调情，但每次都是白费功夫。"哎呀，这是个谜，里夏尔。你知道的，为什么人们会在一起？看看我们自己，完全是个谜，不是吗？"

这场对话发生在两年前。一个月之后，我们就分开了，我终于松了口气。我终于恢复成独自一人，自由自在。摆脱了脾气变得糟透了的丈夫，摆脱了整天不知道在忙什么的儿子，和罗伯特的关系也没给我带来什么束缚，我没必要结束这场婚外情。

多么伟大的发现。现在回头看那段往事，我必须说孤独是人世间最好的礼物，是生活唯一的避风港。

我们本该早点分手，不该等待那么久。我们让彼此出丑，我们向对方展现出自己最差劲的一面，在各种不同场合，我们显得那么卑鄙、狭隘、丑恶、庸俗、堕落、反复无常，而我们谁也没有赢——按照他的说法，我们都丢掉了自尊，这一点我同意。

除非是没有思想的行尸走肉或是头脑特别简单的人，对于一般人而言，离开一个人，比想象中需要更多的勇气。那段时间，每天早晨醒来时，我都犹豫不决。最后几天，我一直在叹气。我们花了很长时间才将那些家具、照片、底片、文件、餐具分清所有权；整整三天——三个漫长的白天加上三个漫长的夜晚，我们才彻底地从彼此的生活中离开。

当然，我们曾经争吵，砸东西。里夏尔觉得很糟糕，他声称我挑选了他生命最艰难的时刻给他使绊子。这是他的措辞。那时他正在争取一个项目——一个对他来说意义非凡的项目，这个项目可能将带他提升到新高度，尤其是如果莱昂纳多对这个角色感兴趣，而我却开始给他捣乱，破坏了他的计划。这是他的措辞。

"别想让我有罪恶感，里夏尔。别胡说。"

作为回答，他狠狠地甩了我一巴掌。

我当时应该给他一个拥抱。"谢谢你，里夏尔，谢谢你。"我对他说。黎明时分，我下了出租车，把行李交给门童。在前台登记之后，他们带我走进电梯。我禁不住微微一笑。斗争了整整三天之后，我终于可以独自霸占大床好好睡一觉了。哈利路亚。我擦了擦眼角几滴欣喜的泪水。电话响了好几次，但我都没接。

今天早晨，我和十几个剧本作家开讨论会，被强奸的女人可不怕跷着二郎腿掩饰自己的情绪。此外我没睡好。第一天夜里，我突然惊醒，在梦里我觉得有个男人压在我身上，实际上是被子缠住了我。我惊恐地尖叫一声，坐了起来，而就在此时，我的手机屏幕亮了，跳出一条信息。我的心怦怦乱跳。

屏幕显示："电量不足。"然后手机自动关机了。我给它插上电源线。月光照着花园，像冰凉的血一样在树叶间流淌。才凌晨三点。手机重新开机。我啃着手指，等待着。屋外传来猫头鹰叫声。屏幕上显示找不到网络。我哼了一声，无话可说。让这些高科技见鬼去吧。我心里烦躁起来。此时此刻，世界上有多少台电话以喷气式飞机的速度撞在墙壁上或砸在石头上摔得粉身碎骨？我下了床，探身到窗外。空气清凉。我打了个寒颤。我伸出手，把手机递到外面，奇迹出现了，手机找到了信号，还收到一条信息："随时准备着吧，米歇尔。"

我惊讶地叫出声。猫头鹰似乎在回应我。我颤抖着输入："停止这一切。您是哪位？"我等待着，但是没有回复。我得干点什么才能重新入睡。

我叫来了锁匠，加强了安保措施。我让他在房门上装了一把像保险柜那样牢固的门锁，接着那个人建议在底楼安装报警器，我接受了。

除了里夏尔，其他人都在关心我碰到了什么事。我对他们说我的保险公司建议我这么做，以应对高发的犯罪行为，接着就努力转换话题。

下午，那个男人来帮我安装报警系统。他们来了两个人，做了些测试。我不知道他们出现在我家，是让我放心了还是让我更加焦虑。我向住在对面房子的一对夫妻挥了挥手，表示我在家，顺便提醒那两个男人这附近还有别人。

我知道这有多蠢，但是我控制不住自己这么做。那两个男人走了，他们在房子入口安装了一个带有彩色发光二极管的盒子，还有一个屏幕，可以看到门外的景象。

我看到了里夏尔，给他开了门。

我没来得及告诉他第二条短信的事，他先查看了我的新设备，并说我做得对。"做得好。更安全了。怎么样？你恢复平静了吗？"

我不置可否地耸了耸肩。怎么和一个男人解释这个呢？怎么向他解释这一切造成的结果呢？我放弃了这个念头，然后从冰箱里取出一只鸡，邀请他和我共享。

他说道："趁我们现在都很平静，我要和你说件事。"我身体开始绷紧，肩膀也不自觉地耸了起来。我身上某个东西在喊叫："哦不，看在老天爷的分上！"因为我知道我们将向什么方向发展，我知道我们正在滑向什么样的深渊。

我了解他刚刚说话使用的那种语气。我了解他刚刚偷看我的那种眼神，还有他那种假笑。里夏尔一直认为他身上具有演员的特质——类似德尼罗那种风格的，至少他自己这么认为。他 心想要展示自己在这方面的才华，还上过整整一年表演课：现在他的学习成果就展现在我面前。

他离开餐桌，十指交叉放在膝盖上，弯着腰，低下头。

"米歇尔，这次我给你带了一个靠谱的东西。相信我。另外，我得对你说，以前你拒绝我的作品，拒绝得完全正确。你说得对，我错了，以前我不够客观，太骄傲了。别再提那些了，忘了吧。多亏了你，多亏了你的建议，我才意识到自己的弱点，我才能重新从事很早之前就放弃的工作，从事连我自己都没信心的工作。你不会失望的。一点也不夸张地说，我全身心投入其中。"

他结束演说，弯腰从桌子底下拿出一个塑料袋，从塑料袋里取出他的新剧本。

安娜觉得这没什么用。我也同意。里夏尔是一名蹩脚的编剧，因为从根本上来说，他看不起电影，他也看不起电视，但电视对他来说从来不算是挑战：电视不会让他得到认可，也不会给他带来财富和荣耀。我说他看不起电影，是因为凡事他都首先想到自己，没有付出代价就能得到的东西都是乏善可陈的。她也同意我的看法。我们站在市中心的一间咖啡厅吃东西，这里的总汇三明治味道还不错。

她知道这对我意味着什么，建议由她来处理，但我谢绝了她的提议。首先这是里夏尔和我之间的事，是我欠他的，我欠他一个事实。想到这件等待处理的任务有多么艰巨，我摇了摇头。毁灭，重建。

这次他会怎么看呢？我非常恼火，他怎么又把我们带上这条路，又把我们拖进这个局面——我们了解并且早就体验过这种事情引起的艰难与痛苦，我一直认为那是我人生中最痛苦的阶段。

他怎么能让我们再次经历这种痛苦呢？他怎么能揭开这还未痊愈的旧伤疤呢？他真该死！这些坚信自己工作非常有价值的人是着了什么魔？我本以为他们心智健全，以为他们不需要读完第一句就能评判作品的好坏，然而他们的眼睛是被淤泥糊住了吗？他们的脑子糊涂了吗？他们的大脑机能障碍了吗？

我让他到我家来见面聊。在他到来前一个小时，我停下了手中的工作，尝试让自己放松。我到花园里扫了扫叶子，重新固定了一下月季花枝，还做了几个深呼吸。

他走了进来。我把消息讲给他听。一时间，我以为他要发脾气了，但事实上，他仿佛被当头一击，向离他最近的一把椅子走了过去。

"哇哦！"他说道。

"里夏尔，我们并没有怀疑你作品的质量。我给你倒杯葡萄酒，或者你要来点更烈的？"

"如果不是作品质量，那是什么呢？我想了解一下。"

"你知道的，这是一个产业。他们有特定的喜好。你和我都没办法。你必须适应他们的模式，你改变不了什么的。这样的结果是必然的。你要杜松子酒还是香槟？"

"你觉得现在适合喝香槟吗？我们要庆祝什么？我感觉你像头母狮子一样替我争取过了。"

"这不是他们要找的，里夏尔。我就是靠这个挣钱的。但是其他人可能还会感兴趣。去找找高蒙公司。就我所知，他们最近在找新东西。这年头，要不改变，要不就被埋没。"

"你支持我了吗？你有没有做点什么？"

我没有回答他的问题，递给他一杯金汤力。

他站起来，一言不发向门口走去。

文森特和他脾气一样糟糕，让人叹为观止。

我们三个人还生活在一起的时候，他们俩简直要把我弄疯了。我只能独自搬到最高的一层楼去住，以享受片刻安宁，反正花的是我自己的钱。是里夏尔这么要求的，尽管那时候他赚得还不错，但他绝不同意为了满足我的自私多花一个铜板。以前他总爱说你的怪念头、你的任性、你的无理取闹，他常常变着法儿说我。

语调往往就不可避免地提高了。我感觉自己身体两侧仿佛被钳子钳住了，感觉仿佛凡事都付了双倍的钱，仿佛听到了回声。

现在我在和文森特说话。屋外，暴风骤雨忽起，天色突然变暗，雨滴落了下来。空气倏地变凉了，混合着淡淡的植物腐坏的气味。他告诉我麦当劳雇用了他，他希望签了合同之后能预支薪水。他坐在他的车里。他说我在听大雨落在车顶上的声音，但其实我什么都没注意听。他又说要再次感谢我帮他付了押金，他觉得我真是太慷慨了，另外乔西也对我表示感谢。

趁他说话间歇，我问道："你想要预支薪水吗？文森特，你刚才说的是这个吗？"

十一月底，我在壁炉里生起了冬天第一炉火。我搬了些木柴进屋，觉得自己累坏了。我真的老了。那天，里夏尔的反应——蔑视的神情、不满的噘嘴——差点毁掉我整个晚上，而大雨和文森特好不容易凑齐的第一笔房租最终击垮了我，我哭了起来。

马蒂在屋里。我被强奸的时候，它就坐在离我数米远的地方。它平时睡在我床上。它和我一起吃饭。我洗澡、上厕所或者和男人上床的时候，它也跟着我。它停在那里，看着我。我既没有尖叫，也没有在地上打滚，于是它继续观察自己的后爪，舔了很久。我转过头去。

第二天，里夏尔给我打电话："你那种让人讨厌的样子，是你努力装出来的还是你天生就会？"我早就想到他会说这种话。怨恨、痛苦、愤怒、侮辱溢于言表。我不认为他的作品一无是处，但我知道没有人会投资几百万做这个项目，而我对此无能为力。

"别胡说八道！你怎么能这么说？蠢货。你又知道什么？"

他克制着怒火,声音颤抖。事情必然是这样发展的。这就是为什么我怨恨他触发了这该死的机制,他又要把我们弄得筋疲力尽。

"挑衅我并不会让你的剧本变得更好,里夏尔。"

我咽了一下口水,一秒钟的安静之后,就听到电话那头传来一声不自然的冷笑——我想象着他此刻的表情和他身上散发出的极度痛苦。

这是二十年来我第一次明确地承认我并不喜欢他的作品。我一直知道怎么避免这个话题,也从来不会直接面对,因为我感觉这相当于在动摇大厦的根基。这曾经是,现在也仍是一团乱麻,但如今,和已经失去的相比,我们还能有什么损失呢?

我可以爱一个人,但不需要认为他是最好的编剧。多少次我绞尽脑汁想向他传递这个信息?为了让他接受我的想法,还有什么办法我没有用过?我做过很多尝试,后来才意识到我永远成功不了,他永远不会真正接受我的批评。我知道,如果我对他的作品没有表现出欣赏之情,那就相当于在质疑他的男子气概。我一直十分重视他,努力避免做出无法挽回的事。为了维护我们的关系,我总是说些半真半假的话,而他也都接受了。

我人生第一次如此依恋一个男人,我曾经多么希望能够一直在他庇护下生活,就这么简单。我和母亲,我们有自己的打算，里夏尔提议由他来照顾我们，让我们重新过上正常的生活，这难道不值得考虑一下吗？而且我很喜欢他的长相。

"好的！让你浪费时间了！"他说，"你总算鼓起了勇气。干得真棒。"

"我又收到了一条短信。"

"什么？"

"我又收到了一条短信，那个强奸我的男人发的。"

"不是吧，你在开玩笑吧！你收到了什么？"

"里夏尔，你耳朵聋了吗？"

三十年了，我从来没见过我父亲，也没和他说过话。但他想办法把他的宝丽来相机送给了我，我母亲把它放在桌子上。我俯下身子看了看。我看不出来是什么型号，这台相机本身品相就不是太好。我直起身子，耸耸肩。我母亲看着我，期待我的评价，但我什么都没说。

"你不知道他现在多瘦。"她对我说，"这可不是我胡编乱造的。"

"那他们该强迫他吃东西。"我答道，"他们应该做好自己的工作。"

我们坐在面对塞纳河的一处露天咖啡座上。前一晚的雨加速了树叶的掉落，我们可以看到栗子树光秃秃的树枝上有些似乎已经被遗弃的黑色鸟巢。不过天气还不错。这两天我忙坏了,但还是答应在晚餐时间和她见面,之后我还要赶到城市的另一头与安娜会合,一起去参加电影放映活动。

我点了一份鸭胗沙拉,我母亲要了一份特鲁瓦小香肠,然后都点了波多含气矿泉水作为饮料。

"妈妈,你是在浪费时间。我不会去看他的。"我感到鼻尖有点凉飕飕的。天气晴朗,但冷空气来了。

"他现在老了,而你是他女儿。"

"这无法打动我。我是他女儿,这句话毫无意义。"

"让他握一会儿你的手,然后就结束了。你都不需要和他交谈。你知道的,他一天比一天衰弱。"

"别再白费力气了。吃饭吧。"

我不理解她想减轻那个男人临终前痛苦的那种愿望。那些哭泣的家庭,那些愤怒的家庭,她都忘记了吗?那些年,因为他——因为他的所作所为,我们所承受的一切,都从她大脑里消失了吗?

"我最后学会了宽恕,米歇尔。"

"哦?挺好的,我听说过。据说很不错。你满意吗?你知道,我很羡慕你有这么糟糕的记忆力。没有别的词来形容了,糟糕,糟糕透了。"

和安娜碰头的时候,我的怒火仍未平息。"就因为他,我们以前像活在地狱里一样,你也了解的。现在她悄悄地独自决定要把过去抹掉,就像这样,仿佛魔法棒一挥,一切即刻消失。我在做梦吗！我在做梦，不是吗？你不觉得那个老女人疯了吗？"安娜递给我一盒口香糖。我拿了一颗放嘴里。咀嚼让怒火有所缓解。从心底深处，我希望把她关起来。如果她愿意的话，如果她真的那么重视他，把他们俩关在一起吧。妈妈，拜拜。我们就此分道扬镳。我向往这样的生活。对于这样的想法，我感到羞愧，但我十分向往。

她对我的父亲扮演着富有同情心的人设，而现实生活中正相反，她过的那种放荡的生活已经够让我恼火了。她不该做得这么过分。她以为她能让我去见我父亲最后一面，但她想错了，她高估了自己的实力。

事发时，我疯狂地爱着我的男朋友；父亲被捕后，他朝我脸上吐唾沫，我不知道还有什么事能让我如此心碎。

当我回到家，天色已晚。那件事之后，每次从车上下来，我都会带着防身喷雾和军用手电筒——购买的时候，防身用品店老板一边展示这个装备，一边笑着说它的重量和尺寸让我在面对对手时占有决定性的优势。车库到房门距离五十来米，我毫不延迟，倒退着走了一段。对面房子的邻居对我友好地挥了挥手，另一个问我是不是一切都好。我含含糊糊点了点头。

一辆深色轿车停在我家附近，停的位置略微隐蔽，一半车身被一丛常绿树遮住了。昨晚我就注意到它了。不过昨天我有些害怕，犹豫了。今晚我准备好了。刚才，就在它停车的那会儿，天变黑了，我正好在窗前淘米。我站直了身体。

天色已暗，我看不清是什么车，更无法看清楚车子里的人。月光下，天空中升起模模糊糊的薄雾，让整个居民区看起来有些苍白。我知道他就在那里，坐在方向盘后面，而他的思绪朝着我飘来，铁了心地要让我不安。

我努力保持冷静，紧张而专注。我不害怕。好几次，我都体会到，无路可退时恐惧感就会消失，而现在的我正处于这种状态。我态度坚定，默默等待。让他来吧。我站在半明半暗处，等着他下车。我准备好迎接他了——把汽油浇在他身上，让他付出代价。十点还没到，但是十一月了，天黑之后没有人还会待在户外。他可以畅通无阻地进来。

突然，我看到打火机的火光亮了一下，我吃了一惊。"他在耍我！"我惊讶地叫出了声。

十一点，他点燃了第三支烟。我克制着自己，以免愤怒地吼起来。我受不了了。什么谨慎，什么保证安全，什么不能走到屋外去，我统统不管了，既然他不过来，我决定自己过去。我咬着嘴唇，微微打开门，半蹲着溜到屋外。我绕着房子走了一圈，想要从他背后给他来个突然袭击——我喘着气，双腿颤抖，牙齿紧紧地咬在一起，手上握着防身手电筒和喷雾，心中抑制不住想要结束这一切的念头。

那件事在我身上只留下了一点模模糊糊的灼热，还有几处正在消退的淤青，但是身体上的这些感觉并不重要。我又要说，在严格意义上，如果仅限于潜入我家这件事，我曾经遭遇过比这更糟糕的经历；对我而言，更重要的是我的心理感受，更重要的是他强行占有我，于是我此刻拿起了武器。

我必须像他当时那样出其不意。他把我推倒在地，我还沉浸在震惊中；他撕碎我的内裤时，我的心脏还没有恢复跳动。在我弄明白发生了什么之前，他已经进入我的身体，占有了我。

我深吸一口气，汇聚起力量。我不敢转身，默默地咬了咬嘴唇，我的手臂和电筒在空中划了一道弧线，副驾驶座位旁的车窗应声而破。

我听到一声尖叫，但我已经把手伸进车内，往驾驶座喷洒防身喷雾——简直快让人达到高潮，真的，就在那一瞬间，直到我对着那个蜷缩在座位上的人形物喷完手中的防身喷雾，我也没能认出那是可怜的里夏尔。他似乎就要昏倒了，但最后他总算打开了车门，跌倒在马路上，呻吟着。

我忘了里夏尔也是那个关心着我安危的男人——尽管我们之间龃龉不断。我也有些后悔在工作上伤了他的心——尽管是我不得已而为之。他的双眼看起来非常可怕：红肿，充血。我只能把他送回家，因为他开不了车了。

这次，我发现他的生活中有了一个女人，被我砸破车窗的这辆车就是她的。

不，我并不嫉妒。里夏尔和我分开马上就要满三年了，分手后我立刻给他介绍了几个女人，尽可能让他觉得离婚并不痛苦。我不嫉妒，但并不意味着我能无动于衷。这个圈子吸引了很多女人，总有那么几个女人认为小有成就、有点人脉、长得还帅的编剧值得关心一下。然而我又不希望她们太聪明，把这个男人消耗殆尽或者搞些不择手段的阴谋诡计。我不信任那些大奶妹，也不信任那些读过舍伍德·安德森或弗吉尼亚·伍尔夫（即便囫囵吞枣地阅读）的姑娘。

这个女人叫埃莱娜·撒迦利亚。我替她写了一张交通事故申报表。

"这只是个朋友，不是女朋友。"他说道。

"我什么都没问你呢。"

我在申报表上签了字，然后把它放在手套箱里。他用红肿的眼睛眼泪汪汪地看着我做这一切。我觉得他有点可怜，对他笑了笑。我上楼待了几分钟，顺便叫了辆出租车。他用纸巾蘸了些冷水，敷在眼睛上。我迅速打量了一下周围，尽管没有属于女性的衣服或其他物品，但我能感觉到有个女人在这里生活，至少有段时间在这里度过。我甚至觉得就在几个小时之前，她还在这里。

文森特似乎愿意和我聊聊他父亲的新女伴，我从而获得了更多信息。他做出一副很吃惊的样子。我竟然不知道？怎么可能？五分钟之前，我站在人行道上观察他，他穿着黄衬衫、海蓝色长裤，头上顶着绣有麦当劳字样的红色鸭舌帽，他仿佛在废墟中游荡,一边擦桌子,一边把餐盘叠在一起。我只能转过头去。清冷的风从街的另一头吹来,仿佛是一股隐形的火焰。

我刚见完一个作家,他迅速地估算了一下,同意将他的小说写成剧本。挺有意思的一个人,我决定要和他保持联系。

如果文森特的消息可靠,他们在一起已经有几个星期了,她比我年轻很多。"我不知道他竟然没有告诉你。"

这既奇怪又很显而易见——当然对他来说是这样。

我们之间只隔了两层楼。埃莱娜·撒迦利亚在三十三楼的本土娱乐公司工作,而我们在三十一楼。文森特觉得我和她也许可以利用这个便利条件一起吃个饭,但我没笑。

乔西怎么样了?她还不错。她现在超级胖。胖了三十公斤,也许还不止,胖得动不了了,每天都躺在电视机前面。我抚摸着他的手臂,问他是否还能坚持下去。他轻蔑地看了我一眼,推开我的手,仿佛那是件可怕的东西——这个我怀胎十月、每个部位都是我从无到有孕育出来的孩子,终究变成了忘恩负义的东西!

我觉得自己被孤立了,有点恼火,尤其是这在我意料之外。里夏尔竟然能够彻底改变自己的生活,想到这里,我有些慌乱。

哦,这一天剩余的时间,我都十分沮丧。我试着和安娜联系了一下，但听说罗伯特回来了之后，我拒绝了她的邀请。在她面前，为了避免暴露，我们经常进行这种危险的操作，他觉得这让我们的关系更加"刺激"，但现在让我如坐针毡。

夜晚来了，我试图工作一会儿或看部电影，但我完全无法集中精神，只能放弃。我走到外面，打算抽根烟，但我没走远，就待在门边，还随身带着防身喷雾。已经十二月了，天气不再凉爽，让人第一次感到了寒冷。黑夜如墨汁一般，天空中没有一丝云彩，细细的新月仿佛是一截铁丝，没有光亮。夜已经很深了。周围沉浸在寂静的黑暗中，看起来危险重重。然而这种危险具有某种吸引力，让人警醒，激荡着每个人内心深处。事实上，我觉得自己疯了，我觉得我希望他就在这里——蜷缩在阴影之中，我希望他突然出现，然后我们动起手来，我用尽全力对付他——用脚踢，用拳头揍，用牙咬，我要拽他的头发，在我的窗边扒掉他的衣服。老天啊，我怎么会有这么可怕的念头？

如果我是个理智的女人，就该停止帮我母亲付房租，让她住到家里来。我的会计长相不讨喜，目光狡诈，但一直给我很多好建议。他劝我谨慎地规划未来，并提出了这个关于伊雷娜房租的想法，一个非常成熟的想法。如果我是个理智的女人，我就该下决心这么做，然而理智在这里并没有位置，我就是没有足够的精力——也没有兴趣、耐心和愿望——和她住在一起。我摇了摇头。我知道一切都没那么容易了，那些风光的年代都已过去，我们都已吃完红利，现在更应该避避风头，减少开支，节约金钱，等等等等，但是在某种持久的疯狂与愤怒中，有时宁愿死也不要苟且偷生。我对会计说我会想想的。

　　这个夜晚，我过得很糟糕，脑子里翻来覆去重映着前一天的经历，不停地思考着最近的事情：里夏尔遇见了个女人，罗伯特回来了，文森特和乔西组成一对荒谬的伴侣，我和母亲之间的关系令人憎恶，以及当我想起那个施暴者时眼前涌现出一幅幅可怕的画面。一把安眠药也没能战胜这个令人厌恶至极的夜晚，以至于我妄想着这天要是以另一种方式开始多好，而不是会计来拜访我，提醒我形势艰难，欧洲经济恢复的不确定性，未来不容乐观。而这还没完！我刚吞下一片阿司匹林，罗伯特悄悄走进我的办公室，关上了身后的门。他小心翼翼地竖起手指放在嘴唇上。"对不起，罗伯特，我……"我想跟他解释说我正在忙工作，他打扰了我，然而一眨眼的工夫，他扑到了我面前，吻住我的嘴唇。即便我能说他是个合格的情人，但我必须承认我并不怎么欣赏他这种湿乎乎的吻，以及他像个坏脾气的少年一样把舌头伸进我嘴里的那种幼稚行为。当我终于把我们的嘴唇分开时，他拉开了裤子的拉链，对我说我可以抚摸他。"这样的话，麻烦你站到垃圾桶旁边去。"我说。早晨快结束的时候，我和一家有线电视台的节目编导见了面,他上个月还是欧莱雅的高管,认为《广告狂人》是精神病医院的纪录片——真是一场压抑无趣的会面。会面之后,我利用休息时间去本土娱乐公司侦察了一番。

事实上,埃莱娜·撒迦利亚和我在同一幢大楼工作,中间只间隔着两层楼。她是个迷人的女人,长着一头棕发,拥有一双灵动的眼睛。她是他们公司的前台。我似乎之前就在电梯里碰到过她好几次。我觉得自己的焦虑是有道理的。"我是里夏尔的前妻。"我边说边将手越过磨砂玻璃柜台向她伸过去,脸上带着坦诚的微笑,尽量表现得很幽默。

"哦,幸会!真高兴认识您。"她答道,热情地握住我的手。

"我们应该找一天碰碰面。"我说道,"至少不用再让里夏尔介绍我们认识了。"

"啊,是的……当然。您挑个日子吧。"

"唔,那么下个礼拜吧。我和里夏尔商量一下具体的时间。您不用管了。"

我不想在她眼皮底下站在大堂里等电梯,于是步行下楼。我落荒而逃,鞋跟烦躁地敲击在逃生楼梯的水泥台阶上。

说实话,我要比她大十五岁,而她真的很好,就像我一直担心的那么好。

当年我母亲拒绝搬家,我们受尽了人们的各种刁难和折磨。我二十岁出头的时候认识了里夏尔,那时我父亲已经被关押了五年,他在海边的度假营地杀害了七十个孩子,被人们称为"阿基坦的魔鬼"。里夏尔不仅是我年轻岁月的守护者,也是伊雷娜之外的唯一见证者,他还改变了我们的生活,从某种角度来看,他拯救了我和我的母亲。突然之间,我害怕这一切都将消失。

我第一次觉得我可能会彻底失去里夏尔,有些失落。安娜拥抱了我一会儿,让我靠在她肩上,又在我前额上亲了一下,然后她点了两份火腿干酪三明治、两份阿布鲁奇橄榄油色拉和水。

接着我们去看了电影,她再把我送回家。她想在我家门前抽一支烟再离开。我们把衣领立起来,戴着手套抽烟。我对她说,她避免了我一个人郁郁寡欢地度过今晚。她答道:"很好。我们俩彼此彼此。"我抬头望着天空,天空中繁星闪烁。"我被强奸了,安娜。事情发生在大约两周前。"

我的双眼依然望着星空,我在等她的反应,然而她没有动,让人以为她突然死了或者聋了,抑或她没有在听我说话。"你听到我说的话了吗?"我感觉到她的手握住了我的手臂。接着,她转向我,脸色苍白,表情僵硬。她抱住我。我们一动不动,静默无言,窘迫地呆立在原地。我脖子上的皮肤感受到了她的呼吸。

我们走进屋内。她把大衣扔在沙发上。我点起火。我们又一次互相凝视。然后她恢复了呼吸,没有追问我感觉如何。当然,她不用问也知道。她怪我隔了这么久才告诉她,我试着向她解释当时我非常犹豫,第一时间我就恨不能把这件事情完全忘记。"哦,听我说。"我说道,"这件事并不简单。我并没有真的受苦,我碰到的又不是帕特里克·贝特曼①,好吗?我完全可以闭上眼睛,谁都不说。这是最简单的办法。我不知道该怎么做,你知道。"

"天啊!你不该瞒着我。"

"除了里夏尔,你是第一个知道的人。"

"你竟然告诉了里夏尔也不告诉我。说说,这算怎么回事儿!"

我坐到她身旁,我们一起看着火苗一点点变大,火焰向壁炉的烟道升腾,烟道发出轰轰声。时间一点点过去,我越来越觉得接受罗伯特的主动亲近是个错误,我不该维持我和他之间的暧昧关系。我琢磨着要是她发现了我们之间的关系,我要付出多大的代价。我坐在她旁边瑟瑟发抖。我想到自己的怯懦,想到自己是多糟糕的榜样,禁不住浑身战栗,直到她轻轻抚摸我的背,不停地安慰我说一切都会好起来

---

① 小说《美国精神病人》中的主人公,被认为是具有代表性的变态杀人狂角色,小说后被拍成电影。

的，仿佛我就要泪如雨下。

安娜告诉我，从清晨入院到深夜分娩，我一直在喊叫，一刻不停，直到我的身体在最后一阵可怕的剧痛中得到解放，终于摆脱了那个一直占据我身体、没日没夜折磨着我——比如压迫膀胱，老觉得饿，还不能抽烟——的执拗生物。

安娜就住在隔壁病房，她那时刚失去自己的孩子，如果不是她起身过来陪伴我，我的叫喊声都快把她弄疯了，她对我这么说。我的呻吟减少了，我们在一起待了几个小时。这个即将出生的孩子，仿佛是一种补偿，使她刚刚经历的悲剧变得似乎没有那么难以忍受了。

这天早晨，乔西发现内裤上有血迹，他们就一起赶去了医院，我在咖啡店买了点咖啡和羊角面包，去医院和他们会合。她感谢我也来了，而对我来说，更重要的是她没把我当作敌人，我能够帮忙照看一下，因为文森特似乎手足无措。

"如果今天就生，那是提前了。"文森特向我解释道。

"文森特，你母亲知道怎么算。"乔西说道。

不用太多东西就能明白一对伴侣之间的氛围：一句简单的评价，一个眼神，一段沉默，一切不言而喻。此时，一名护士把乔西带走了，文森特告诉我他决定要认这个孩子，我立刻想到：为什么会生出这么傻的人？我曾暗自发誓再也不干预他们的生活，但现在我再也忍不下去了。

"你有没有动过脑子?你知道你在干什么吗?这就是个监狱,文森特,你正在推开监狱的大门。看着我,我的儿子,好好面对事实。你听我说,这就是个牢笼,是枷锁,你会把自己关起来的。"他还没张嘴回答,我摊开手,放弃继续说教。他怒视着我,脸色惨白,额头上青筋突了起来,有我这个妈妈可能是他生命中最糟糕的事。

乔西躺在担架上被推了回来,她神色凝重,告诉我们她马上要生了。文森特跟着乔西跑开之前,我和他对视了一眼,他的眼神像吓坏了的小孩。我绝对没有安慰他的打算,我相信他们坚持不了多久。在这个城市生活,必须要有笔金钱做基础,显然他们没有,一切都会发展得很快。简单来说,他们将过的生活会比一开始更复杂一些,更困难一些,但他们不能回头了,木已成舟。

我可不愿意站在乔西的立场上。一想到她将面临的考验,我就觉得疼。当我听到有些女人说她们生孩子就像经历了高潮一样,我就忍不住当着她们面放声大笑。我很少听到这么愚蠢的话,都要让人以为她们是旧社会的遗孤,或者脑子被太阳烧坏了,只剩一脑袋糨糊。极度痛苦,这是我生文森特时的感受。极度痛苦,而不是极度愉悦。说话要负责,也别害怕说真话。

这是晴朗的一天,寒冷,阳光灿烂。空气闻起来也很舒服。我趁机在城里逛逛,一直沿着热闹的街道行进。我给文森特发了消息，问他是否需要帮助，但我从他简短的回复中推断出他对我并没有改观。

下午，我打了好几个电话给他，他都没接。然后我和两个电视剧编剧一起工作了很长时间：他们俩把我要求的每处删减、每处修改、每处红色笔迹都当作是人身攻击，是阴险的手段，是对他们才华的伤害。其中一个还用拳头猛击办公桌，冲出办公室，重重地摔上了门。当他回来的时候，似乎平静下来了。我们继续讨论，很快又出现了下一个问题。

直到傍晚，我才放他们走。他们的心情糟透了。我被他们强大的自我和对自己价值的自信吓到了，而他们很少表现得多出色，大部分情况下只能说平庸罢了。我们在停车场漫不经心地道别，其中一个是个三十来岁的金发男子，脸形棱角分明，淡黄色头发有点枯槁——我相信，我捕捉到了在他奇怪的微笑中一闪而过的十足蔑视，我想就是这样的人，我就应该粗暴对待这样的人，批评他的作品，质疑他的智商、优越感和品性，尤其是来自一个女人的质疑。夜幕降临。我可不愿意和他单独待在一起。

文森特终于在一个电话亭里给我打了电话——他的手机包月通话时间用完了。我正巧在卢浮宫附近，周围堵得水泄不通，协和广场变成了红灯的海洋，影影绰绰的洋流在流动，缓慢而神秘。

"他妈的，妈妈，是个男孩！"他冲着我的耳朵嚷嚷着，兴奋至极。

"好的，好的，文森特……但这不是你儿子。别忘了这点。"

"我太高兴了，你知道吗，太高兴了。"

他喘着气，仿佛刚刚跳过绳一样。

"文森特，你听到我说的话了吗？"

"什么？没有，你说了什么？"

"我说那并不真的是你儿子，文森特，我刚刚就说了这些。他多重？"

电话线那一头沉默了。"如果不是我的，那他是谁的？"他突然说，语调完全变了。我预感暴风雨就要来了，这次我想自己没弄错，但也无能为力。"他是你的吗？"他用刺耳的声音继续说道，"他是谁的孩子？是教皇的吗？"

"他属于他父亲，我想。而你不是他父亲，文森特。"

我知道他在干什么：他拿着电话听筒敲打了几下墙壁或者别的什么东西。这是他盛怒中会做出的举动。他不是第一次这么做了。他曾对我坦白说他想摧毁的对象并不是电话机。"文森特，"我曾对他说，"我会耐心等待你对我动手的那一天。"接着我们碰杯，因为那天晚上我们心情都还不错，我们坦诚地嘲笑了自己。我从来没有对他掩饰过他的出生将我推向万劫不复之地，但我从来没对他说过我对他也有多么荒谬的爱意。我一直全心爱着他,当然啦,文森特是我的儿子,可一切随着时间降温了。虽然我并不怎么喜欢给他喂奶的感觉,然而他还是给我带来了幸福感和满足感,带来了意想不到的全新感受和做母亲的无尽乐趣,直到那些女孩儿出现在他的生活中。

文森特,我的孩子,怀上他之后,我得以摆脱我父亲引起的精神挫折,获得重生。这个人间奇观和我如今接触的粗俗冒失之人完全不同,他娶了一个怀孕的准母亲,继而也准备做这个不属于他的孩子的父亲。这种故事只有千分之一的机会拥有幸福的结局,没有人会提醒他,除了我,还有谁能肩负起这个责任呢?

里夏尔肯定不行,现在他似乎有更重要的事情。我承认对于他的新生活,我并没有像我本应以为的那样无动于衷。他并没有打算告诉我,哦,我知道他没有义务告诉我,可我们一起生活了二十年,我和他一起睡了二十年,我坐在他对面吃饭,我们共用浴室、汽车、电脑。简而言之,我不知道,我不知道他是否欠我什么,我不知道我是否应当被告知,我有时候问自己,对他而言我是否比狗屎好一点。他当然不能承担起这个责任,随着我们夫妻关系逐渐恶化,他眼见自己的电影计划不可避免地延期,更是不分青红皂白地一味维护起儿子。

不管怎样,我给他打了电话,打算和他聊聊。他对我说:"我在医院。"血液突然在我血管中倒流,我差点就撞到了前面的车。他继续说道:"我在外面抽烟。文森特不想和你说话。"

我觉得我应该在那儿,而不是在这儿。里夏尔在医院让我有了罪恶感。"我需要你的帮助。"我说道,"我希望你能和他说说,让他不要着急,不要轻率地开始那样的生活。喂?你听得见吗?"

"我觉得他没有什么好办法开启他的人生。"

"但有不好的。相信我。他还是个小男孩,什么都不懂,你没发现吗?我不是说乔西是个坏姑娘,我也不想批评他的选择,但是太早了,不是吗?你不觉得吗?你没看到他一头扎进了什么样的困境吗?我都不知道你有没有花时间观察过他——如果你还有时间的话,不好意思,里夏尔,我真的怀疑你是否还有空余时间。"

"别担心。"

"正相反,我很担心。你知道,我不确定你是不是个适合的人。好吧,听我说,等乔西出院,我会在家里组织一次聚餐。全家人都会来。我要邀请安娜和罗伯特,我母亲,还有你女朋友。我想你可以帮我一下。你知道吗,我觉得你女朋友很迷人。你可以负责采购,你觉得怎么样?你正好可以把未婚妻介绍给我们认识。"

我确定听到他的牙齿在吱嘎作响,我似乎也能看到他的脸色一下子变得阴沉了，还耷拉着肩膀。"我并不是小题大做。"我接着说，"但我更愿意从你嘴里听到这个消息。"我抢先把电话挂了。我不敢说自己的性格有多好，我也知道自己的行为有时候挺招人厌的，但我觉得他活该。他伤害了我。我终于开出了协和广场，驶向与它同名的桥。我咬紧牙齿，泪眼模糊。我刚刚意识到我失去了丈夫，失去了儿子，失去了父亲。我沿着河岸驾驶，看到河上的小艇、巨大的观光船、流浪汉居住的角落。我不想说明什么，只是描述我眼里看到的东西。四周仿佛一片虚无，我突然发现自己一无所有，十分窘迫。

到家的时候，正好碰到了对面房子的邻居，他叫帕特里克还是什么别的名字。他先是出现在汽车灯光的范围内，我下车的时候，他扶着头，摇摇晃晃地穿过小路，向我走过来。"快回家。"他对我说，"有个坏家伙在这附近转悠。"

"您说什么？"

"米歇尔，快回家。别待在外面。那家伙差点把我打晕。快回去，关好门。我去看看。"

"如果你需要的话，我可以把防身手电筒借给你。你还好吗？没受伤吧？"

"我没事，快走吧。别担心。我明天还给你。快回去吧。他最好别被我逮到。"

他的话里有一种血腥味，夜晚寒冷的空气中，他的鼻孔喷出两股白气。

我不是什么知名人士，名字就写在信箱上，谁都能知道，但他似乎很自然地叫出我的名字，我还是感到非常惊讶，因为他们春天才搬来这里，我们不过是点头之交，碰见了也只是"早上好""晚上好"打个招呼，每次交谈都不会超过三个字。我不知道该怎么说。我关掉报警器，让他进门。

"我妻子到现在还在后怕。"他对我说。我们走进厨房。我把手电筒递给他，给他倒了一杯水。其实我连他真正的身份都不知道。他让我记下他的电话号码，如果有事情，不论白天夜晚，不论几点打给他都可以。他对我说邻居就该这样，接着他走进黑夜中，去寻找那个攻击他的人。

我觉得很有可能就是那个男人，从某种角度来说，我很遗憾帕特里克把他赶走了。并不因为是我脑子里有特别的想法、欲望或者别的什么，也不是因为他对我有一种病态的吸引力，我只是想到他很可能在暗中窥视我，本来今晚可能就有机会揭开真相，不管要付出什么代价，我们可以立刻了结这件事，但是帕特里克的介入让我觉得错失良机，心里有点苦涩。

帕特里克是个正直的男人，在银行担任高管。这份工作让他赚了很多钱，给他带来了各种好处，让他很快就买上了房子，他还对此惊讶不已时，突然发生了2007年金融危机，我们陷入现在的境地,还不知什么时候才能从中脱身。一大早,他就把手电筒送了回来,问我经过前夜的事情之后睡得好不好。

"我们不要把这个偶然事件变成悲剧,帕特里克。没必要。"

"警察答应会增加在这一带的巡逻。"

"好极了。你知道,我可不想看到你的背上插着刀或者脑袋被木棍敲碎而不得不送你去医院。你可不能像昨天那样做了。求求你,别再逞强。你还年轻,可别死在担架上或者别的什么地方。"

我觉得他应该是经常和老板一起打壁球的那种人,因为他看起来很强壮。我还是孩子的时候,家里养了条大狗,关键在于它怎么都不会累,我父亲下班回家后会带它出去溜好几个小时,可一切都是白费劲,夜里,我们常常听见那条狗在厨房里来回走动,仿佛有用之不竭的力气,我父亲最后把它给打死了。这就是帕特里克给我的印象,就像一团能量,一团空虚无用的能量。他和他妻子刚搬来、到我家介绍自己的时候,我并没注意到这一点,我还开玩笑说在这个年头有个银行家邻居,就好像饥荒时期认识一个农民一样。他花了点时间才理解这个笑话。他握手的时候很温和,说真的,我没发觉他是个活动家,也没发觉他是个果敢的人。这个变化出人意料。如果他服用DHEA①或者安非他明什么的，我也不会意外。人们都说在金融界工作的人，都有钢铁般坚强的神经，因为这些小宝贝随着股市的起伏承受着可怕的压力。"不管怎么说，帕特里克，非常感谢你。"我一边说，一边拉紧晨衣的领口，天气晴朗，但是阳光一点暖意都没有，树木与荆棘丛在寒风中摇摆。他微笑着和我打招呼。"我做奶奶了。"我继续说道。

我不知道自己为什么要提起这事，也不知道这么说到底想说明什么，当然我也没期望他恭喜我。"哦，恭喜恭喜！"他直愣愣地盯着我看，答道。

一整天我都待在家里，待在那些剧本当中。我只到附近森林里走了走。我把自己裹得严严实实的，头上戴着软帽，享受着秋日午后的宁静。晴朗的天空，清冷的空气，金褐色落叶铺成的地毯，鸟鸣声，一切都那么安静。我写了几公里长的批注、建议、评语，理出前后不一致的清单，挑出冗长、平庸，需要改写、扩展、说明、删节的段落，用红笔划出重点，一遍、两遍、三遍，令人厌烦，但仍没找到真正能让我满意的东西。树林下的几处灌木丛看起来还有点雾蒙蒙，几个小树丛躲在阴暗处，可我不敢走到小路外面去。小山丘的顶上有一幅景区全览图，一些身着比赛服饰的老人聚

---

① 脱氢表雄酮，通常被作为保健品服用，以增强运动表现。

集在周围。他们穿着紧身氨纶运动衣，头上戴着荧光色头巾，脚蹬样式时新的运动鞋，手机绑在手臂上，耳朵里插着耳机，脸红扑扑的，嘴唇上方挂着鼻涕。我透过稀疏的树叶远远地望着山下的屋顶，那是离我家最近的邻居帕特里克和他妻子的家，节日将近，奥德莱家用串灯装饰了栅栏门。左边是拥有六套公寓的小区，通过停车场的红色沥青地面和风中飘扬的小彩旗，我认出了销售食物的社区小超市，除此之外，一切都被树林遮挡住了。

那些上了年纪的运动健将交换能量棒和运动饮料时，我点了一支烟。

我不确定自己也想要活到他们那个年纪，不过也说不准。我不敢说帕特里克正是我喜欢的类型，但是罗伯特的爱抚已经提不起我的兴趣，与之相比，年轻的银行家唤醒了我一些暧昧的感情，我能感觉到。感谢老天爷，这是强奸事件之后我第一次重新产生性欲，我又能拥抱男人了。我曾一度极为害怕，我曾一度极为害怕身上有什么东西被弄碎了，害怕一切都完蛋了。但我重新振作起来了。我回到家，一边想他一边自慰。我紧紧咬着嘴唇，一切进展顺利。我高兴得都快哭了，心中不胜感激。我擦干净手，闭了一会儿眼睛。

他回家时，我在楼上自己的房间里。我躲在黑暗中，他下车时，我关闭了平板电脑的屏幕，用望远镜观察他。以前我们只是随意地打打招呼，保持良好的邻里关系，但现在，他比我记忆中的那个人好多了,更加生机勃勃,更加精力充沛。说起他给我的第一印象,我只能尴尬地笑笑!我的目光追随着他。我知道这是一种省力的解决办法,但谨慎起见,我更应该去城里,那里会有更多选择。帕特里克是聚会中最常见的那类人,穿着拉夫劳伦的polo衫,讨人喜欢而做作,自恋,毫不起眼,找到比他更好的男人并不难,但我并不感兴趣,我觉得有时候选择省力的解决办法是睿智的标志。

躲在黑暗的房间里监视一个男人,让我觉得很有趣,我像个孩子那样兴奋不已。我把半个身子隐藏在窗帘里。他打开门,又向身后——就是我这个方向——看了一眼,尽管他看不到我,我还是屏住了呼吸。这是一种全新的——或者说古老的——感觉,荒唐滑稽,但让人觉得十分愉悦。他进屋之后,我爬到楼上阁楼里,这里视野更好,可以看到他家的窗户——从我房间看出去,他家的窗户会被树枝遮挡住,那些树木是从前里夏尔为了保护我们自己的隐私放任生长的。我看着他在亮灯的房间窗户后面走过,仿佛是一幅幅彩色装饰画。帕特里克把大衣挂起来,帕特里克穿过客厅,帕特里克拥抱他妻子,帕特里克走进浴室,帕特里克站在台盆前。突然,我的电话响了。

"你在干什么呢?"里夏尔问我。

"没干什么。我在看书。你有什么事吗?"

"我想跟你解释一下为什么我没有跟你说。"

"听着,我不感兴趣。"

"我没跟你说是因为我还不确定,他妈的。"

"你一直没法儿确定,你没发现吗?"

"好啦。如果真有什么的话,我为什么要藏着掖着?我能有什么好处呢?"

"里夏尔,我很忙。"

"看书也能叫忙吗?你是在敷衍我?不管怎么说,我想知道你是不是打算对我做什么坏事。"

"什么?"

"我想知道你是不是打算对我做什么坏事。"

"你觉得我会告诉你吗?你认为我会做吗?"

"我不觉得你有这么做的理由,我也不觉得我犯了什么错。我遵守我们的约定。我们应当互相坦诚,我完全同意,但是事实上现在什么都没发生。我只是偶尔和那姑娘约会,是的,我没跟你说是因为我觉得这根本不值一提。"

"那你为什么觉得我要对你做什么呢?"

"你的邀请,他妈的!你他妈的邀请她去做客。"

"真棒。你的每句话里都用了'他妈的'。真是好极了。"

"这就像个圈套,就像你擅长的那些圈套一样。"

"可怜的朋友,你到底想干什么?看,我还有更重要的事情要做,你就别自作多情了。正好,她有没有什么不能吃的食物吗？她会过敏吗？马蒂最近在掉毛。"

不少有夫之妇都能做个好情妇，我觉得他找个单身女人，还是有点冒险。我提醒他说我们之前说好了不要冒险，就是为了避免碰到眼下这类问题，我问他难道他认为和还在生育年龄的单身女人来往不是冒险吗，还是说他就是想要为所欲为。

当我挂断电话，发现自己独自待在阁楼里，和一堆满是灰尘的闲置物品在一起，而那边，帕特里克妻子穿着长睡衣走进卧室，灯突然暗了，他消失在黑暗之中。

穿长睡衣的女人没什么可害怕的：总的来说，她们的丈夫都不难搞定。

安娜来取我挑选出来的三份剧本，我告诉她没什么特别精彩的东西。"我不知道你是怎么想的，"她说，"如果我是你的话，我应该会养条狼狗。"她留下来和我一起吃饭。她在来我家的路上光顾了福楼餐厅，决定和我——而不是和罗伯特——一起享用这顿饭。他回来之后，一直心情不佳。

我知道他在生气，我收到了他的消息，我看到他给我打的电话。我试着不去想这一切，因为如果他误解的话——如果他误解我对他的冷淡以及现在我们之间不可逆的距离，我一定不会喜欢可能会发生的事情。如果他得知这段时间我对我家对面的邻居产生了幻想、只要想到那个男人我就会产生性欲，一定会发生什么事，一定会引起混乱，而我不愿想也不敢想。

尤其是，我觉得我和安娜之间的友谊可能就此分崩离析，化为乌有。我父亲是武装到牙齿离开的家，对于那天之前的朋友，我都没有任何记忆了，或者说我再也没见过那些曾经的朋友，安娜闯入了这片无人之地，而我也只拥有她——在家庭成员之外，我只有她一个朋友。我不想考验她。面对她，我无法成为毫无节制的赌徒，我一点儿都不想冒险。

我知道她对她丈夫的感情并不深，对爱情的背叛不会是我们友情终结的主要原因，而对友情的背叛，毫无疑问，将结束我们之间的关系。她不会原谅我背着她做这一切——如果这样的事情发生在我身上，我也不会原谅她。然而我想告诉她我的感觉，告诉她我如何一点点落入和她丈夫的这段关系，那时我仿佛被挟裹着，仿佛从无法刹车的斜坡一路滚落，我的思想仿佛被麻醉了。我想告诉她我们的抗争多么可悲，但我想她知道。

罗伯特也算是一种省力的办法——无聊，就近，安全，不过没人进行这种可悲的比较、得出仓促的结论。过去的我和今天一样忙于工作，建立关系并不是容易的事，当人们天黑才能下班，还要把工作带回家的时候，就没剩多少欲望了。罗伯特可以迁就我的作息，而且他能半价买到路铂廷的鞋子，还经常出差。简直好笑。另一个好消息是二十五年中，相比感情生活，安娜和我有其他更重要的事，我们创办了一家业务稳定的公司，积攒了一份令我们为之骄傲的产品目录，还把一些不错的创意卖给了美国人——这就是艾维制片公司。我们还在医院的时候，她就跟我聊过了，她和我聊了好几个小时，态度坚定。而当我回到家，我就和里夏尔说我们可以找一套大一些的公寓了，这样孩子可以有独立的房间——因为我找到了一份工作。

"唔？什么工作？"

"安娜和我要去拍电影。"

"拍电影？啊，很好，多棒的想法。他妈的。"

而如今，他对我们诉苦，责怪我不肯动用我的关系，可他没有一丝幽默感，自然也不会体会到命运的嘲弄，坚持认为出于某种阴暗而不可明说的原因，自从他开始写剧本，我就一直在他成功的路上使绊子。然而是我出钱，让他去上了那些最好的剧作家主讲的写作课——文斯·吉利根、马修·韦纳，还有获得美国编剧工会奖的那些家伙，可他们都没能将他们那种特别的天赋传授给他，在内而不是在外、大度的，那种可练习提升到艺术的天赋。我相信需要一代或两代人之后才不会显得是在他们面前班门弄斧，可能时间会短一些，有些新星已冉冉升起，特别是在作家圈子，不过无所谓了。那些课程很贵很贵，而里夏尔还没有证明他好好利用了这些课程，尽管他自己持有完全相反的看法。

安娜离开之后，我走到屋外去抽烟。我没有走远，倚靠墙壁站着。我只是努力表现得没有被吓坏，我没有躲在床底下。安娜提议让我去她家住，住多久都行，但是我拒绝了她的邀请，拒绝的原因并不是因为要和罗伯特同处一个屋檐下——尽管这个念头确实让我担心得皱起了眉头，头发也竖了起来。不，我不清楚自己到底想要什么。天气很冷，白天一天比一天短。我找不到优秀的剧本，还被强奸了，我不想谈论与我丈夫、儿子的关系，也不想提起我的父母，而最糟糕的事是要开始准备礼物了。

我承认乔西没有充足的时间整理房间，他们也没有按照原计划装修，只是匆忙地重新刷了刷墙，但是他们家里真的太乱了，而且气味也不太好闻，似乎弥漫着一股大便和奶痂混合的味道。不过，我把所有怨恨、伤人的评价和负面想法都归拢在一个黑色垃圾袋里，包好打结，留在了他们公寓门外的楼道里。

"真是棒极了！"我在厨房里的餐桌旁坐了下来，乔西也在厨房里，她穿着难看的运动服，抱着孩子。和大部分做了母亲的女人相反，我不敢亲吻新生儿柔软绯红的面颊，但我还是说："他长得真可爱。我能亲他一下吗？"

文森特告诉过我她胖了三十公斤，但我觉得她大概胖了五十多公斤。她仍然身形庞大，仿佛孩子还在她肚子里。她把孩子递给我，说从今以后，这孩子和我一个姓。"啊，小淘气。"我一边说，一边把婴儿举向空中。然后我勉强亲了他一下，把他还给了他母亲。

"现在，让我们聊聊严肃的事情。"我说道，"你们圣诞节想要什么礼物？"

他们鼓着腮帮子互相看了一眼。

我只能帮助他们："孩子们，你们觉得洗衣机怎么样？家里有了小宝宝，这个应该是必需品，不是吗？"他们看着我，仿佛我在试着向他们推销火腿。

"吸尘器？缝纫机？厨师机？烤箱？洗碗机？熨斗？冰箱？"

"我想我更愿意要一台有付费电视频道的平板电视。"乔西表示。

我表示理解。"好的，可我建议，你看，选最重要的……"

"这就是最重要的。"她打断了我，"之后还要配置立体声音箱和DVD播放机。"

我紧紧咬着牙，努力保持微笑。文森特点头表示附议。

我微笑，因为杀了狗之后，父亲把家里的电视机当作攻击对象，他把我们的电视机从窗口扔了出去，我们最初的困扰也因此而生。他常说如果首都一旦发生什么麻烦就要躲到布列塔尼去，还自说自话地对着楼道里碰到的孩子的额头画十字，邻居们开始讨厌这个坏脾气的人，讨厌这个偏离了他们价值观的人。

我给里夏尔打电话,确认他记得第二天需要买东西,他借机又提起了上次我们没聊完的话题。"听好了,别费劲了。"我对他说,"如果你想要的话,就娶她吧,我无所谓。"

"可他妈的,你想干什么?"

"你也可以不娶她,我才不想管呢。"

"明天你可不要搞事情,不要把事情弄得不可收拾。我们吵我们的,别拉她当垫背,好吗?"

"可我没有和你吵架,里夏尔。我给你打电话不是为了听你在那头唧唧歪歪。你怎么想,就怎么做。别以为什么事情都必须跟我报备。你是自由的。我不想再和你反复说上五千遍。我邀请那姑娘只是想让你高兴点。我说清楚了吗?我们现在可以聊聊别的事情吗?你说完了吗?"

"你不能同时拒绝我的作品,又不让我过自己的生活。我觉得你做的有点过分了。"

"不管怎么样,明天别来得太晚了。我一个人可搞不定。你女朋友能来帮我们吗?"

我等他先挂了电话。他固执地否认和埃莱娜·撒迦利亚之间的关系是认真的,说真的,有点滑稽。

下午,我花了点时间挑选剧本。我办公室的书架上堆满了数不清的剧本,有的就叠放在地板上,像一根根一碰就倒的白色柱子。安娜和我从不让其他人替我们阅读这些剧本,不管我说什么，不论别人怎么想，每次想到翻开的可能是一份出色的或相对较好的作品，我希望那份激动之情完好无损。

快下班的时候，安娜来敲我的门。她看了一眼，恭喜我完成了一项浩大的工程，不久之后这些作品就该转给她阅读了。"我刚和文森特聊了聊。"她继续说道，"我发了誓什么都不说，可你知道他的债务问题吗？"

我已经坐下了，手握着椅子的扶手，身体前倾。"你说什么，安娜？你在说什么债务？"

她也不是很清楚，他不想告诉她，只是含含糊糊说了两句。她给了他钱。她给他钱并不是什么大不了的事，因为她是他的教母。当电梯带着我们从三十一楼下来时，她对我说，能帮上忙，她觉得很高兴。"我还是非常惊讶。"我说。

他才二十四岁。我不知道二十四岁的年轻人会有什么债务问题。我觉得他比实际年龄要大得多，要不是运气太差，要不是三十岁之前不可能招惹上的麻烦突然之间落在了他身上，他怎么会欠债？这个词在我听来仿佛是某种羞于启齿的疾病——毒品、女人，还是赌博？安娜叮嘱我不要过度惊慌，只要保持警惕就行。"很好。"我说，"可你能给我解释一下他欠了什么债吗？他不和我一起生活，还尽可能地撵我走。保持警惕，你想说什么？告诉我，你认为我该怎么做。帮我想想。安娜，他跟你交流的比我多。你知道的，有什么事情，他总是最后才会告诉我。我是他母亲，我是那个把他父亲赶出门的那个人，我是世界上最可怕的人。"

我们在清新的空气中手挽着手沉默地走了几分钟，然后走进一家酒吧，点了几杯得其利鸡尾酒。"我把钱还给你吧。"我对她说。她拒绝了，不仅仅是出于善意，更为了保持从一开始就在他们之间建立起来的特别关系——在医院的时候，我曾同意让她给文森特喂了两三次奶，自那之后他们之间就形成了一种神秘而特别的联系，这种坚韧的联系至今依然得到验证，一种显然无需通过我的直接联系。我还记得那个场景：文森特恬不知耻地吮着奶头，她轻轻地拭去眼角的泪水，以免泪滴落到文森特的额头上。那时我还年轻，这个画面让我十分感动，我很高兴我儿子和我能够减轻她的痛苦，如果一切从头来过，我还会这么做，但我发觉这个家里发生的事情，她比我知道的要早，每次都是她先知道，我才被告知，她还替我解决了某些问题，这让我有点恼火。

"我把他当作我自己的儿子。"她说，"你知道，我帮他摆脱困境，仅此而已，这是我和他之间的事。问题解决了。"

"你是他精神上的母亲，不是他的银行。"

她站起身，又去点了两杯鸡尾酒。天空中繁星点点。

"还有另外 种可能。"她回来继续说道，"我想聊聊乔西。"

她看着我的眼睛，明亮的眼神似乎穿透了我的内心。

她说她想聊聊乔西，其实就是想说乔西可能是文森特这一系列问题的根源所在。"我第一次帮他是在他们认识后不久。我不确定这是不是巧合。我想说的是这个。"

我用吸管喝着杯子里的鸡尾酒，眼睛一直盯在她身上。杯子空了，我故意继续吸吮，杯底发出可怕的呼呼声。

长久以来，我对文森特的女朋友们都不再心怀嫉妒，更确切地说，我同情那些可怜的姑娘，她们竟然愿意和这个说话粗鲁的男人交往——除非他只在我面前表现得尖酸刻薄、满腹牢骚，我不能排除这种可能。安娜号称她也没有这种感觉。她说她对那些不幸的姑娘们做出负面评价并不是出于成见，但她总是毫不犹豫地中伤她们，如果可以的话，还要落井下石。"这个不叫嫉妒。"她说，"我要帮助他，让他睁大眼睛，性质是不一样的。说到底，他什么都不懂，你知道的，他还是个孩子。"我不太相信文森特还是个孩子，从他拒绝牵着我的手去上学那天开始，我觉得他就不再是个孩子了，但他和一个体重一百公斤的女人组建家庭，还急于给一个不知生父是谁的孩子做父亲，拒绝采取任何理智的建议，也够笨的了，完全足以证明他的心理年龄发育迟缓，可能还停留在青少年时期。

"我觉得乔西就是罪恶之源。"她说道，"我不是随便说的。我并不打算不顾一切地为文森特辩解，但我知道一件事：在认识她之前，他从来没有出过这种问题。米歇尔，你自己想想这是怎么回事，你觉得这都是我想象出来的吗？"

"我不知道。我在听你分析。我还得想想。"

"首先，我想知道。我们知道孩子的父亲是谁吗？你不知道吧？真是太棒了，不是吗？我们可以随便做什么假设。我们可能碰到了非常可怕的事情。"

安娜不遗余力地探究起所有可能性——显然，她看过的剧本太多了，但我觉得她说得很有道理，也很庆幸文森特不是制造问题的那个人，我感觉轻松多了，毕竟在此之前我已经开始想象他欠了飞车党或者银行大佬们的钱。

回到家门口，我注意到的第一件事是我房间的窗户透出了灯光，窗帘在穿堂风中有气无力地飘动。我没急着下车，坐在车里观察了一会儿，四周的景物沉浸在路灯的光晕中，一动不动。邻居们的屋子没有灯光，一切安静极了。我也安静极了，令人惊讶。"极了"这个词有点夸大其词，因为我正紧紧握着防身喷雾，手指都发麻了，疼痛感一直蔓延到肩膀。

我拉开院子大门上的门闩，等了几秒钟，才推开门，然后先把一只脚踏了进去。没发生什么特别的事情。我抬起另一只脚走了进去。我感到肾上腺素像温热的液体一般流向全身。我悄悄地向房门走去，额头上都是汗，呼吸急促。

我把耳朵贴在门上，没有声音。我取出钥匙。

屋内，警报器在正常工作。我把它关了。楼下没有异常。我向二楼走去。我了解每级台阶可能会发出的声音，我知道哪里会发出吱嘎声，哪里会发出咔嚓声。我悄无声息地爬上二楼。

我房间的门正对着阴暗的走廊，现在敞开着。我走了进去，心怦怦直跳。床上乱糟糟的，被子掉在地上，五斗橱的抽屉被拉开了，我的内裤被翻得乱七八糟。床头柜上，我的手机屏幕亮着。我走上前去。

我发现床单上有腥臭的黏稠污渍，令人作呕，显然有人利用它擦拭了一番。随后我看到手机屏幕上友好地显示着一条消息："哦，对不起！我等不及了！"

我抬起头，出神地看着窗帘在大开的窗前舞动。

中午刚过，里夏尔开着满载货物的汽车到了，我自己一大早也去买了开胃酒、甜品和葡萄酒。他按喇叭的时候，我正在往屋里搬柴火。

他的神情显示他准备和蔼可亲地面对我。我觉得他做了正确的决定，看来他还是挺了解我的，因为事实上，尽管我尽力保持一种开放的态度，但用悲剧的方式来看，我邀请了抢走我儿子的女人以及抢走我丈夫的女人来做客，这并不是容易的事。我知道我必须放松，我得摆脱一早就产生的轻度焦虑——早晨睁眼的时候我就感觉到了，一直持续到现在。我以为搬柴火能让我平静下来，因为它们真的很重。这些木柴是里夏尔买的，价格便宜，来自遭到飓风破坏的朗德省，每根一米多长,搬运起来可不轻松。

他把购物袋搬进屋子,然后立刻又出来帮我。天气晴朗而寒冷。

"过阵子我来打理一下花园。"他说,"等有空,我就带工具过来。"

"不用,一切都很好。让它们去吧。"

"一年一次,没关系的,就当给你帮个忙。"

"不,这不是帮我忙。我不知道该怎么跟你解释。"

"如果你专门找个人来做,他可能会漫天要价的。米歇尔,你再想想。"

我看着他。"注意,如果你坚持的话,你可以顺便打扫一下天沟。"我说。

他开始择菜,我负责处理肉类。时间还早,他给我倒了杯酒。他对我说:"我觉得你今天看起来气色不错。"

我不知道他怎么能让语气显得如此真诚,他怎么让这一切听起来像真的一样。他是那个打过我耳光的男人,也是那个感觉到我受到威胁,在我伤感或累坏了的时候,就会跑来拯救我的男人。虽然他已经有秃头的倾向,但他还是个有意思的男孩。

"我不恨你。"我对他说,"说到底,不知道为什么,我觉得某些事情上我应该得到尊重。这就像一种生理反射,是我们共同生活过的证据。我不是故意的,你别放在心上。"

"你和那个小提琴手约会的时候,我可什么都没说。"

"哦,好啦。别说傻话。他是已婚人士,还有三个孩子,符合所有条件。但你,你可不一样,不是吗?如果我没搞错,你找了个没生过孩子的单身女人。"

"不是我主动找的。如果你想知道的话,我是在你们那该死的电梯里遇到她的。"

"这就是你的方法?你在该死的电梯里遇到一个姑娘?"

"听好了,我发过誓不再和你吵架。我希望我们能维持良好的关系。"

"我们关系挺好的。"

"很好。我希望今晚过后,我们仍然能保持良好的关系,我希望今晚过后,我们之间的关系能变得更好。"

"你是想说,像兄妹那样?你是这么设想的吗?我们成为全世界最好的朋友?"

"唔……差不多吧,某种牢固的关系。"

我含含糊糊地表示赞同。"你想一边和这个姑娘保持交往,一边往这个方向努力,你单方面的?你有没有想过应该怎么做?"

"我什么都没想过。米歇尔,别说了。"

"不是你主动找的,你什么都没想过,日子过得真舒服,不是吗?"

他咬紧牙，重新开始专注地给一个长得像罗斯福的土豆削皮。我暗自敬佩他表现出来的自制力，祈祷他千万别咬到舌头。

母亲挽着一个和我年龄差不多大的男人一起来了，我立刻猜到这就是她跟我提起过、令我久仰大名的拉尔夫。"她经常和我说起你。"他对我说。我强迫自己挤出一丝微笑。我母亲穿着一条短短的皮裙，还化着浓妆，当她凑近热气腾腾的炖锅时，我吓得心惊胆战，担心蒸汽会让她脸上的脂粉融化，滴进我的汤里。我的想法有点恶毒，其实她的妆容和平时差不多。我让她和她的同伴一起坐会儿，里夏尔和我来守着炉子就行。

她夸张地极力扭动着胯部向壁炉走去，拉尔夫紧紧跟在她身后。我叹道："答应我，你会把我杀了。"

她的行为并不一直是这样的。我父亲趁着家长们去冲浪，在米奇俱乐部犯下那桩惨案之后，我们过上了一种可怕的生活，她便放任自己养成了这种坏习惯。她最终明白自己不适合工作，她无从选择，只能这样继续生活下去。所以七十五岁的她，仿佛是讽刺漫画里人老珠黄的交际花，这就是她现在给人的印象。一个丑女人。我夸张了。"一收到信号就杀了我。"我说。

乔西还是能从入口进来的，但她得稍微侧一点身子，而且我觉得她屏住了呼吸。宝宝非常可爱，穿着一身紫色的衣服。一股寒气和他们一起钻进屋子。五百米的高空中在下雪，寒冷的空气冲向平原。没过多久，他们的脸就泛出红色，酒瓶的队伍扩大了。我们打开了拉尔夫带来的香槟，大家都来问我这个狂热的人是谁，我回答说我不知道，而且我也不想知道。

我绝不会让母亲和这个或者其他任何一个蠢货结婚的。

我希望自己的心思不要过分明显地显现在脸上。我希望我们目光交汇时，我能对他微笑，而不是苦着一张脸，我不想为了这点事儿糟蹋了这个我习惯在圣诞节前几周组织的派对，不想浪费家人和朋友难得聚在一起的好机会。我和里夏尔结婚二十多年，一直以这样的方式举办聚会，每年至少一次。大部分时间都很美好，除了几次不可避免的小摩擦，但一点善意就能解决或把它们扼杀在萌芽中。

一时间，葡萄酒、啤酒，觥筹交错。安娜和罗伯特带来了葡萄酒。衣帽架上挂满了衣服。炉火发出噼噼啪啪的声音。罗伯特追寻着我的目光，但我避开了。接着帕特里克来了。他是一个人来的，他的妻子没能来。"没什么要紧的吧？"我递给他一杯酒，问道。我把他介绍给大家。我和他们讲了我们是怎么认识的，就是不久之前他追踪在这附近转悠的坏人那次。我母亲认为有好邻居很重要。

文森特在和他父亲聊天，我不确定他们俩是不是在说我的坏话，是不是在抱怨我。除了他们经常在我的地盘上表现出坏脾气,他们如此不同。我觉得文森特和他父亲现在势均力敌,想到我带到世上的这个孩子从此可以教训他父亲了,我觉得有些不安。他们躲在壁炉旁边秘密交谈,我看到映在他们脸上的火光舞动着。

乔西坐在长沙发当中给孩子喂奶,分散了罗伯特的注意力。

最后,埃莱娜·撒迦利亚按响了门铃,里夏尔像狍子一样跳了起来。人到齐了。那些急不可耐、已经N次打开锅盖看看到底是什么美味散发出香气的人,现在用询问的眼神望向我,而我只顾着观察刚刚进门的埃莱娜。真漂亮。最好笑的是,里夏尔似乎被这个集诸多美好于一身的可人儿弄得有点局促不安。我和安娜交换了一下眼神。我知道她和我想法一样,对于我们这个年龄的女人来说,竞争残酷又有失体面,有时候还是早点死了才好。

我们到餐桌旁落座。帕特里克坐在我旁边,小声感谢我邀请他来,和这群热情的人共进晚餐,他觉得很荣幸。我觉得这些客套话有些浮夸,不过我毫不犹豫地接受了他的感谢,因为他一边说话,一边把手放在我的手臂上,没有挪开。这一幕没能逃过任何人的眼睛。

罗伯特闭上了双眼,他坐在桌子另一头,差不多可以说是和我面对面。我没有一点儿撩拨他的打算,于是站起身来给大家布菜。我推开椅子,可那热度一直蹿到我脸上。文森特也站起来，抱着孩子走来走去。不知出于什么愚蠢的理由，他们叫他爱德华宝贝。这个裹着竹纤维可洗尿布的爱德华宝贝哭了起来。

安娜开始在桌子另一头布菜，我母亲拍了几下手，示意大家安静，然后开始谈论和亲友们会聚一堂的快乐等等。她的演讲总是一成不变，接着她转向那些新面孔——就是拉尔夫、帕特里克、埃莱娜，还有乔西——对他们表示欢迎。最后一刻，文森特出于某种打算，硬是介绍说乔西是他的新女友，不过去年冬天他也是这么介绍的。母亲每次都要占用几分钟时间来演讲，叽叽喳喳的老女人让聚会热闹不少，我们也有了充足的上菜时间，完美。接着她又看向了拉尔夫，尽管我没有特别留意她，但某种闪闪发光的东西吸引了我的注意。我听到她说，借这个机会，就在此时此地，她要宣布和拉尔夫订婚的消息。

我放声大笑。"哦，对不起。"我说，"不好意思，你是怎么做到的？真是太好笑了。"

她的五官皱在一起，但她没有回答。里夏尔赶忙向围坐在餐桌边的所有人举起酒杯，随着时间一秒一秒流逝，我引发的沉默逐渐被掩盖，每个人都在努力化解我和我母亲造成的紧张气氛。母亲坐了下去，因为拉尔夫向她伸出手臂请她坐下，大家继续聊天，我回到了帕特里克身旁的座位。他向我打听某个地址。

"对不起,帕特里克。不好意思,你要谁的地址?"

"你买肉的商店。"

我可能对他微笑了一下,不过在这面具后面,我在暗自思索。我并不确定自己是否真的愿意告诉他,或者说我是否还愿意告诉他。对于选择在银行工作的男人,我们得谨慎一点。我一边看着他给我添酒,一边想。

我们腿挨着腿吃完了饭,不过吃完饭,我没有在餐桌旁逗留。我既不渴望也不回避。我想让他再等等,希望他不要操之过急。他问我想要什么,我跟他说我不知道,而且我们身处之地也不适合谈论这类话题。"我不喜欢小弥撒。"我对他说,顺便请他帮忙往壁炉里添些木柴。

屋外下起了雪,薄雾在夜晚新鲜的空气中闪闪发光。一些人留在餐桌边。我和母亲的目光交汇了两次——其实一次就足够了。我知道她正在生我的气。我知道她也知道我在生她的气。

安娜做了个美味的馅饼,乔西做了个没那么美味的馅饼。不,其实差远了,太硬了。我猜她多放了一倍的黄油和面粉。我发现文森特并不满意,但乔西一脸喜悦,对她那带有紫色阴影的作品十分自豪。

我得对罗伯特说点好听的,免得他因为不断失望演变成真正的问题。

"一切都很好,罗伯特。但我没法儿给你上关于女性生理期的课。现在我不行，你想让我跟你怎么说好呢。你没有别的女朋友吗？"

"那你给我解释一下，你和那个家伙在搞什么鬼？你和那个傻瓜在调情，又算是什么事？"

他压低声音，但没什么用，我觉得他在吼叫。

"罗伯特，你是打算在我家大吵大闹一番吗？告诉我，你是准备这么做吗？"

我把一个餐盘塞在他手中，然后给他分了一点馅饼。我微微噘起嘴，不动声色地给了他一个飞吻，然后对他使了个眼色。乔西看着我们，然后说她是根据美食节目《克莱尔的生活》的菜谱做的，顺便又提及他们有款非常棒的潘娜托尼圣诞面包正在促销。她又坐下来给爱德华宝宝喂奶。"理论上，不该放蓝莓。"她继续说道，"只放巧克力，但我很喜欢蓝莓，还有栗子酱。"她的乳房有手球那么大。我很想知道文森特那个傻瓜对这是什么反应。

埃莱娜过来恭喜我聚会办得很棒，真诚地表示希望我们能成为朋友。里夏尔站在远处，神情古怪，仿佛在憋尿一般。不过，我觉得她并不招人讨厌——又一次，但这不会有什么结果，无论如何，也只可能是没有结果。他在期待什么？还有什么荒诞的组合和不会有结果的关系是这个男人不敢投入的吗？

"你女朋友真可爱。"他走过来的时候，我说道。

"啊，太棒了。真的，超级美味。你得来我们家。"

"是的，当然。不过等等，别太仓促了。"

"听着，里夏尔。"她说，"别管我们。让我们慢慢来。我会打电话给米歇尔，好吗？米歇尔，我会打电话给您，然后我们俩一起吃个午饭，让我们慢慢熟悉起来。"

"啊，我，"我说道，"我很乐意。埃莱娜，继续这样做，我们会相处得很融洽的。"

"好极了。"他说。

我觉得有些无法忍受，但没有表现在脸上。我似乎已经看到自己带着鲜花和拉杜丽的马卡龙按响他们家门铃的画面。经历过这种情形之后，我们的自尊还能剩多少呢？

忽然，一条手臂轻轻地揽上我的腰，是我亲爱的安娜。她对我已经锻炼出非常敏锐的观察力，而且知道该怎么应对：根据我在咬嘴唇还是表情痛苦或者皱着眉头或脸色苍白，适时地给我拿了一杯我确实需要的金汤力。

最近几年，好几个项目打了水漂，资金流动不佳，所有行业都处在危机中，里夏尔能理解这些。"但你们缺乏想象力，你们不愿意花时间，你们太喜欢美国那些玩意儿了，我们不也付出代价了吗？"他看着安娜和我说道。我注意到此刻他已经有点醉了。

我们把副本退回给作者的时候，习惯于把页面上那些过于严厉的批注（有时甚至是难以想象的污言秽语）擦掉，我们懂得如何处理这种情形，那就是回避。我母亲似乎也有些喝醉了，她的脸色和熟透的杏子一样。"里夏尔，"她说，"天啊，你总是在发牢骚。"

"伊雷娜，这是临死前的牢骚。"

她挽住他的手臂。恰到好处。有人打开了一盒巧克力，在人们的手上传来传去。埃莱娜坐下去的时候把两条腿交叉起来，像是她的个人演出。"别这么消极。"她说道，"要知道，这招人烦。"

"我并不消极，埃莱娜。我很清醒。只把一只脚从钉子中挪出来是不可能的。"

安娜俯身凑到我耳边，问我里夏尔说钉子①又是搞的哪一出，后者继续他可怜的长篇大论，把自己说成是与众不同、创新独特的捍卫者，表示他自己正是这方面的榜样。"你知道的，"我答道，"里夏尔首先是个理论家。"

雪变小了，几片雪花在空中盘旋。拉尔夫打起了电话。乔西收拾着她的装备。罗伯特忧伤地凝视着某个地方。文森特和帕特里克坐在扶手椅上。我向厨房走去，经过他们身边时，我听到文森特在说："我们是凡人，做坏事的时候被抓住，太正常不过了。"

---

① 上一句中，里夏尔用了一个法语固定搭配 en dehors des clous，直译为"钉子之外"，可指"人行道外"，也可指"不遵守规则"，但这个词组一般不会和"脚"搭配使用，并不符合法语日常使用习惯，所以安娜没听懂。

冬天白天变短，温度降低，往往让某些人重新对一切萌生不满、怀疑和愤怒——那些快餐业打工人表现得似乎尤其明显。我拿出水壶烧水。每次我打算同情他的时候，我就会想起在他这个年龄命运给我预备的生活，继而打消了念头。我母亲和我不是被当作普通的瘟疫对待，我们被当作该死的瘟疫对待——大人咒骂我们，孩子拉扯我们的头发，痛哭流涕的受害者亲属随手抄起身边的东西向我们扔过来，就像那个把刚从肉店买来的牛排甩在我脸上的男人一样。

"你在想什么？"母亲问我。

我转过身。"哦，没什么特别的。"我答道。

她没有动。她低着头，轻轻晃动，看起来有点焦虑。然后她抬起了头。

"刚才你那样说我，很粗鲁，你知道吗？"

"是的，当然。可那没什么，你知道。还有什么是你没见识过的呢？"

她发出了恼火的笑声，跌坐在椅子上，双手扶着头。

"他在监狱待了三十年了！这对他又有什么影响呢？"

"这会对我有影响。我没有父亲，怎么会有继父呢？"

"我这一辈子都要惶恐不安吗？你希望我这样吗？我要担惊受怕到生命的最后一天，在公共养老院终老，在那些穷人当中，和那些陌生人一起等死吗？"

"什么？"

"好极了，哦啦啦，冷静些。我收回我刚才说的话。"

水壶鸣叫起来。"等拉尔夫离开你，或者你那些故事像预期的那样，以这种或那种方式幻灭，而我——你的女儿——我会一直在这里。妈妈，客观地说，我比他靠得住。"

我感到她的内心深处亮起了希望之光。她把空杯子递给我，我提醒她别喝太多，但她拒绝了。我给她倒上酒，转身就走，她真让我烦透了。我听到她在我身后倒下的声音，我听到哗的一声椅子被撞倒了。

我们赶往医院。她已经失去意识。我感到十分焦虑。我重新变成她年幼的女儿，但她的面容让我感到害怕。灰里透着一点蓝。帕特里克开得非常快，他知道哪条路最近。我不确定她是否还有呼吸。我握着她的手，泪如泉涌，泪滴从脸颊流下，完全控制不住。我的嘴唇微微颤抖。"别对我这样！"我心里要发狂。我们一路疾驰，按喇叭，闯了几个红灯，招来大冷天睡在运河附近帐篷里的人骂骂咧咧。空气清新冷冽，我打算抱她下车时，冰冷的风吹在她脸上，她一阵痉挛，身体僵硬地靠拢过来，她表情怪异地凑到我耳边说："去见见他，米歇尔。"这句话使我感到害怕——我不得不克制住自己的情绪，以免松手把她抛下。"去见见你父亲。"她恳求道。

"什么，妈妈？"我低声问。周围，风发出呜呜声。一个微胖的护士跑了过来，后面跟着帕特里克和抬担架的护工——后者的金色马尾辫在风中摇摆。"妈妈昏迷了。"我说不出别的什么。我等待着。我们等待着。帕特里克决定陪着我。我和里夏尔、文森特说了一下情况,让他们帮忙和其他客人打声招呼,继续进行余下的聚会。我感觉不太好。有什么东西正从我身上消失。可怕的阴影笼罩着我。帕特里克用一条手臂揽住我的肩,此情此景,这也许是最恰当的做法。我从没想过母亲会离我而去,因为这种可能性让我觉得无法忍受,此刻,我突然被抛到死亡面前,没有足够的精力直面这一切。过去,我们相依为命,才能摆脱困境,或者简单地说,从那桩丑闻抽身,并没有什么显示从今天起事情会变得更容易。我看着帕特里克。在这一点上,一个在商业银行工作的男人恐怕无法反驳我。

天刚蒙蒙亮,一个医生走了过来,让我回家休息。他说我最好这样做,她有人照看,如果有变化,他们会通知我。我努力控制着自己的呼吸,没有向他提问。帕特里克扶着我。经过一个晚上,我本已找回些许平静,可看到医生、看到穿白大褂的男人,我再次陷入慌乱不安,意识到现在自身的处境。我的身体出现了故障,无法和医生正常谈话。他建议我吃片安眠药,好好睡一觉。他向我保证说伊雷娜状态稳定,晚上他会给我打电话。我点点头。我的身体缩成一团。帕特里克陪在我身边。"至少回去冲个澡,换身衣服。"他的双手放在我肩上建议道。我在医院走道硬邦邦的长椅上躺了几个小时，一直没有合眼，不知道她是生是死。有时我坐起来，身体蜷缩着，额头靠在膝盖上，双手交叉，努力控制身体不要像枯叶一样颤抖。我度过了有生以来最黑暗的一夜——和我父亲与警察对抗的那夜一样黑暗，后来他在激动的人群中被警察带走了。我呆呆望着帕特里克，但并没有看他。我不再抵抗，听凭他带着我往出口走，我的身体仿佛漂在温热的河水中随波逐流。当我们穿过结了薄冰、泛着冷光的停车场，我也没有感觉到户外的寒冷。

他开了暖气，对我表示同情地淡淡笑了一下，然后在微微升起的晨曦中驶上空无一人的大街。

在等一处红灯时，他轻轻碰触我的膝盖，试图给我慰藉。"还没定论呢。"他安慰我道。此时我们正在穿越布洛涅森林，林中缭绕着明亮的薄雾。我一言不发。

我意识到刚才一出事，他就主动开车送我们到医院来，他陪了我一夜，表现得热心周到、无可挑剔，其实几天前我就开始有点喜欢上他了，他让我动心，这一切都在我脑海之中，我这个年纪还需要主动解释个中缘由吗？不论什么事，我都还需要勉强自己吗？

我们回到家时，里夏尔还没走——这就解决了离开医院之后我反复问自己的那个烦人问题，怎么向帕特里克解释此时我不能在我们俩的关系之中更进一步，我后悔给了他那个一有机会我就会和他睡的暗示。

见到我们回来，里夏尔用手臂支起了一侧身子，向我投来询问的目光。他，他很清楚。里夏尔是唯一一个懂我的人，当我意识到会失去伊雷娜时我将陷入何等的不安，只要一点点打击，我就会倒下——文森特也知道，但比他差一点。伊雷娜曾经不眠不休地照料过我，那时威胁在我们身边游荡，时不时出现痛苦得发狂的母亲或者别的什么人想通过报复我们伸张正义。现在如果再发生这样的事可怎么办？她再也照看不了我了！

他站了起来，抱住了我。我没有拒绝。在所有我认识的男人中，他大概是最好的那个，是的，可这就够了吗？这就值得赞赏了吗？我不能怀有更好的幻想吗？

我跌坐在扶手椅里。那两个男人互相看了看。他们之间很快产生了某种竞争关系，对此我还不至于感觉不到，而且竞争的对象是我，这让我内心得到了些许安慰——轻微的、不确定的安慰。"哦，不好意思。"我叹了口气说，"我不记得有没有给你们互相做过介绍。"

他们一起答道介绍过了。里夏尔借机感谢帕特里克对我的帮助，说他可以回家休息了。我看着别处。我可不愿意被搅进他们的小把戏里去。我感到非常疲倦。里夏尔紧紧抱着我。帕特里克转身准备离开。"帕特里克，真是万分感谢。"我反应慢了半拍，说道，"万分感谢。我会给您打电话的，有什么消息我会告诉您。"

他看起来有几分气恼，有些可怜。他走出门去，一股冰冷的风涌了进来，使得壁炉发出呼呼的声响。

"他有点缠人，你不觉得吗？"

"如果我这么认为的话，就不会邀请他了，别乱说。"

"等等，你是认真的吗？你想骗我，是吗？"

我放声大笑："老天啊！你是要和我吵架吗，里夏尔！吵架！世界末日到了吗？你是脑袋摔坏了，还是失心疯了？"

我们对帕特里克表现得不太友好，这就是我脾气暴躁的原因。"听着。"我对他说，"够了。你看看，我还有别的烦恼。我又不是一整个晚上和他躲在某处调情。另外你凭什么要知道这些事情？你现在是什么身份？我是在白日做梦吗？"

"好了，到此为止。"

"别跟我说我该做什么，里夏尔。我们离婚就是为了能够和平相处。我从来不问你和那个刚成年的前台姑娘在搞什么。你应该学学我。"

屋外，雾气升腾起来，天空变得明亮，晨光在深色的树干和光秃秃的树枝之间跳跃。我深吸了一口气，白天似乎成了避风港，在夜晚来临前，我能休息一下。

我往浴缸放满热水，打算泡个澡。刚才我对里夏尔说了一万遍一切都很好，才终于把他送出门。他离开之后，我启动洗衣机进行第三次完整的洗衣程序，水温开到最高，好好浸泡，以便彻底清除我床单上的污渍。接着我上了楼，马蒂紧紧跟在我身后。我闩上我们身后的门。

它在盥洗盆前坐了下来。我打开水龙头，放出一股细细的冷水。它渴了。现在伊雷娜也准备离开我了，它成为了唯一不会用这种或那种方式从我身边逃走的生物，我赶忙伺候它，希望它能对我表示一点爱意或别的什么感情。它运用只有老猫才能掌握的优雅技能呼噜呼噜地喝水，我趁着这个空当给安娜打电话，对昨天没能回她消息表示抱歉。"我可怜的宝贝儿，"她对我说道，"你还好吗？"

"我不知道。我打算泡个澡，然后再看。我累坏了。我猜是脑震荡，我也不是很清楚。"

"还好吗？你需要我过来吗？"

我告诉她我打算休息一会儿，晚上去过医院之后再去见她，到时候她可以带我去喝一杯。我一边和她说话，一边将身体慢慢没入洗澡水中。要是我能忘记伊雷娜要求我做的事、不再去想它，就再好不过了，但我做不到。

"我很惊讶她会对你提这样的要求。"安娜说道，"我觉得太可怕了。"

"然后她突然把我抛弃了。安娜，她可能就要死了，你明白吗？"

"你打算怎么办？"

"什么？我打算怎么办？唔，什么都不做，我想。是的，我什么都做不了。就让他死在监狱里吧。"

她觉得我说得有道理，那些没有落在纸面上的意愿无法束缚住我们，那些都只是让人无法正确理解的呼吸声，是难以辨析的喘息声，是模模糊糊的呻吟，是垂死之人微弱难辨的胡言乱语。她为自己的莽撞言论道歉，不过这都只是为了向我表示善意，她急忙补充道。对于临终之人的愿望，我们可以有限度的满足，她继续说。不然的话，那就是进入了邪教，变成了那种着了魔的人。"你知道，我喜欢你母亲。但是这个问题上，我要说不。"她说道，"这实在是有点过分了。别往心里去。"

正当我打算睡下，有人敲门。是帕特里克。他来看看是不是一切都好，他准备上班去了，想知道我是否需要买什么东西，他下班时可以顺路带回来。我什么都不需要，但还是感谢了他。他看起来既高兴又忧伤，似乎在期待什么。我拉了拉领口，把浴袍裹得更紧一些，此时他身后的天空中，一群黑色的鸟无声飞过。"唔，好了，帕特里克。"我说道，"我正打算睡一会儿，您知道。我得恢复一下体力，再去医院。"

他朝我微微一笑。一时间，我心里暗想他不会扑到我身上吧，接着我惊恐地发现自己身上穿着短款的蓝色花纹浴袍，而不是那件长的，不仅如此，我下身只穿着内裤。我筋疲力尽，竟然穿成这样来给他开门！现在再想办法补救已经太迟了，说不定还会让事情变得更糟糕，让自己变得真的很可笑，反倒像假装清纯、故作惊恐，或者天知道他会怎么想。我简单地调整了一下腰带。如果真像我之前担心的没能吸引他，现在我倒是可以放心了。

他轻咳了两声。"如果有我能帮上忙的地方，直接给我打电话。"他一边说，一边把手伸进大衣口袋，掏出手机。"我们互留一下电话号码吧。"他说道。有一瞬间，我觉得他表现得有点奇怪。

"帕特里克，您刚才拍了我的照片吗？"我问道，"您刚才拍了吧？"

他表情尴尬，脸也红了。"哦，没有，米歇尔，当然没有。"

"我，我觉得您拍了。帕特里克，您打算把它贴到脸书上，还是留着自己看？"

他依然否认，脑袋往各个方向摇动。我难过得正打算摔上门，他打开了手机上的"照片"，给我看最新拍摄的照片，我确认他并没有拍我，或者说那是我，但不是光着两条腿站在门口的我，而是蜷着腿、躺在医院长椅上的我——晨曦的第一缕阳光照在我身上，我仿佛化身为笼罩在淡淡光晕之中的领圣体者。

最初的惊讶过去之后，我忍不住笑了起来，还对自己睡觉时的蠢相点评了几句。

"当然不是那样的。您很美。"他对我说。

我这一身衣服实在是太冷了。每一寸肌肤都在颤抖，每一根汗毛都竖了起来。他说这句话时那种令人难以置信的感人语调，让我颤抖得更加厉害。我沉默了。

我想感谢他，因为他说的话让我感到甜蜜快乐，但我克制住自己，以免让他变得更加胆大妄为。"我们下次再谈吧，帕特里克。我快冷死了。"他笑了笑，对我做了一个小小的手势。我关上门，插上门闩。

透过门上的猫眼，我看着他上了汽车。突然之间，我脑子里冒出一个想法：当人们为开始一段关系权衡利弊时，其实已经一只脚迈入老年了——有时甚至是两只脚都跨进去了。

下午过半，我醒了，去医院看望她。我只能认出面罩、软管、支管，事实上没什么可看的，她一动不动。我握着她的手，但我感觉不到她的存在。换句话说，我觉得她并不在这儿。从几年前开始，我们完全没办法和睦相处。自从里夏尔与我分开后，我们之间的关系就恶化了，因为我排斥和她住在一个屋檐下，而她对此热切期盼已久，以为可以像黑暗年代的我依靠她那样完全依赖我生活。那时，我能够一个月或更长时间不见她，但我知道她一直都在。而现在，我不知道她在哪儿。

害怕被人揭穿，害怕别人把我们认出来，必须面对那些亡者、不公以及那种疯狂。三十年之后，那种恐惧依然如影随形，挥之不去。伊雷娜认为最终岁月会让我们置身事外，但她没能说服我，我像个戒不掉咬手指习惯的老顽童一样，或多或少依旧保留着时刻警惕的习惯，更确切地说我的警惕心可能变弱了，因为我被强奸了。

认识里夏尔的时候，我正处在崩溃的边缘，没有一个星期能够安宁度过，我们遭受各种方式的攻击、辱骂、斥责、侮辱、羞辱，我成天关在房间里以泪洗面，甚至不得不离开就读的大学——在那里我遭受着比外面更猛烈的抨击、刁难、骚扰，就好像他们每个人都有兄弟姐妹惨遭我父亲毒手，或者他们有亲朋好友死去或就此毁灭。我生活在持续的不安中，每天每时每刻都在咒骂他把我们牵连进他的罪恶之中。某些人经过我身边时，会用书砸我的脑袋，似乎这样发泄一下也能得到满足。

如果可以的话，我愿意亲手杀了他，他总是对我很冷淡、疏远，我并不怎么想念他。当我说这样的话时，伊雷娜总是气得跳脚，有时她还会纠正我。在她眼里，这是一种可怕的行为，是对神的亵渎，尽管她已经失去信仰很久了，但起初她还是让我清楚地知道什么界限是不可逾越的。

我不能期盼我父亲死去，更不可以说自己准备好亲手结束他的生命，不然的话，就是魔鬼借助我的嘴巴说出来的，然后一阵耳光如同雨点一般落在我身上。我会敏捷地用手臂护住脸，任她打骂。我们因为他的过错而长期遭受磨难，我不明白她为什么仍然固执地要为他辩解。那时我有个男朋友，我非常爱他，他是第一个和我发生过关系的男人，是我第一个珍视的男人。那年我十六岁，他侮辱我——他当着其他所有人的面侮辱我，让我颜面尽失。人生中真正会让我难过的事情并不多，而那是一次，让我的心变得支离破碎。父亲是母亲与我遭受的那些痛苦的根源，那时的我怎么会为他产生恻隐之心呢？

漫长的六年过去，我遇到了里夏尔。六年，足够让我变得冷酷无情，而伊雷娜也认识到太多的信仰、太多的道德束缚只会带着我们直撞南墙。只要她愿意拾掇拾掇，改变仪态，她还是个相当漂亮的女人，她曾经在这方面下过一番功夫，也获得了一些成功，但可惜随着时间一起流逝。六年的混乱、流浪、逃避、反复思考，那段时光在我的回忆中就像一次漫长的日蚀，我以为我们从此将永远被禁锢在一个没有阳光的世界中，直到一天，一个男人突然出现，他捡起了别人扔在我脸上的牛排，往那个人脸上甩了回去，甚至还用力把那块牛排塞进那个人的嘴里，这个男人就是里夏尔。三个月之后，他和我结了婚。

当时我父亲已经被关进监狱，并且将永远待在里面。过了一阵子之后，我才意识到这是个绝佳的消息。他蹲监狱时，我能够有时间过上完整的生活，一种全新的生活，一切焕然一新，现在我才意识到这些，但这不足以让我对他心生同情。

我松开了伊雷娜的手,她一点反应都没有,她的手在我手中也没有变暖半分。不过她的心脏依然在跳动。我记得在那些年我们组成了一个厉害的团队,我不想失去她。我知道她做了什么,我知道钱是怎么来的,即便她拒绝谈论或者随便编一个愚蠢的理由,我最后也会接受她的说辞,以求心安理得。

白天很短,在天黑前我离开了医院。一种奇怪的孤独感袭上心来。路上我停了一下,心不在焉地去她的公寓看一眼。

我打开门,正巧撞见了拉尔夫。

一个问题立刻摆在我面前。

我和安娜会合,讨论起了筹办艾维制片成立二十五周年庆祝晚会的事,现在不能大操大办,也不能保证一定能获得收益,但是如果什么都不做,会被人以为公司有财务问题,或意味着我们性格阴郁或喜欢特立独行,这对我们可没有好处。

安娜对我们在生孩子时——我的喊叫声让墙壁都抖动起来的那次——共同创建的这家公司所表现出的投入,总让我敬佩得五体投地,所以公司份额她占六十,我拿四十。她是总经理,经常工作到深夜,有时候周六甚至周日还需要加班。她休假也是匆匆忙忙。她还负责找投资人。我一直非常崇拜她。

我提议由她来安排这场庆祝活动,因为这是她应得的,因为她可以为此感到骄傲。最近几年,倒闭的制作公司数量惊人,但艾维制片一直生存到现在。

"谁知道呢。"她说,"三十年风水轮流转。"

2001年,安娜又流产了一次,那是八月底,她疯狂的工作节奏并不能解释一切,但大家都默契地把这当作主要原因。罗伯特认为她为了这家该死的制片公司牺牲了孩子——该死的制片公司,那时他就这么说,自那之后每次他都这么说:"……你那该死的制片公司……你想聊聊你那该死的制片公司?……别再和我说你那该死的制片公司好吗?……还是你那该死的制片公司,嗯?……"不仅是疏远挽救了这对夫妻——他们俩之间的距离,罗伯特大部分时间开着他巨大的奔驰车奔波在路上,很少能在家连续住上半个月,更重要的是安娜对艾维制片以外的事儿都缺乏兴趣。所有男人都跪在她面前,但她无动于衷。她对性不感兴趣,不过氛围到了,她也并不拒绝,比如她百无聊赖而罗伯特好好地洗了澡的时候,但是如果要花什么精力躺在一个汗淋淋、喘着气的粗鄙男人的身体下面结束一天,对她来说实在太过了。她就是这样,女人也提不起她的兴趣。我们曾经尝试过,只有一次,在海边度假的时候,但我们没办法长时间认真地集中精神。

我们离开她办公室的时候，已经是凌晨一点了。穿过停车场时，寒冷与夜气再次袭来。我停下脚步，觉得自己要哭出来了，但是不可以。我咬着嘴唇。安娜抱住我。这种尚未失去但即将失去的感觉，比真正地失去更痛苦。安娜非常明白这种感受。我仿佛喘不过气来。"是的，当然。"她一边说，一边轻轻抚摸着我的背。

我去了她家。我们在冰箱里找到了三文鱼籽和布利尼饼。吃了些东西，喝了点白葡萄酒，我感觉好多了。我们大声说话，又喝了一杯酒，大笑了起来。罗伯特出现在卧室门口，他穿着阿玛尼衬裤，两个肩膀耷拉着，一脸倦容。

他叹了口气。"不，姑娘们，你们在这儿做什么？你们知道几点了吗？你们被魔鬼附身了，天啊！"

我们等他转身进入房间，才开始吐槽。"我不知道最近他怎么了。"她说道，"他总是表现得令人讨厌。"我耸了耸肩。是时候结束这段愚蠢的暧昧关系了，有时候我暗想是不是他的愚笨吸引了我。我知道要结束这段关系不会容易，但我准备好了，我感觉到内心的激动，我必须对安娜诚实，尽管我母亲正在生死之间，今晚我发誓，下次必须强硬地告诉罗伯特我决定终止我们之间的约会。

机会说来就来。早晨，我睁开眼睛，窗帘依然合着，但天色已亮。我不在自己家，有什么东西钻进了温暖的被窝，紧紧挨着我——但那绝不是马蒂。我感觉到罗伯特不知羞耻的手正肆无忌惮地在我两腿之间游移。

我立刻躲开,把被子紧紧地裹在身上。"你在干什么?!"我叫了起来。

我的问题似乎令他十分惊讶。他皱了皱眉。

"什么?我在干什么,你觉得呢?"

"安娜在哪儿?"

"不用担心。她走了。"

他没穿衣服。我只穿着内衣,感到焦躁不安。

"怎么了?"他继续说道,"你怎么了?"

"我们从来不在这里做,罗伯特。我们在她家呢。"

"这里也是我家。"

"是的,没关系。听着,不能再这样了。这太不像话了。我们必须停止。你知道吗,罗伯特,我能感知到一些事情,我从没对你说起过。"

"我们从没说起过什么?"

"这是一种天赋,我知道我们必须结束这一切,罗伯特。我相信这会让我们更成熟。"

"你认为这会让我们更成熟?"

"我并没有责怪你。你是个好伴侣,我们以后还是朋友。这一切让我们不安,不是吗?你很清楚,别故意说反话。"

"这让你不安?对我而言,这根本没什么。"

我趁机穿上了裙子,猛地拉开窗帘。

"你的奶子变大了。"他对我说。

"我不相信,不可能。至少我没觉得。"

"我保证。"

我套上了毛衣,四处寻找鞋子。

"听着。"他叹了口气,"只要告诉我说你不想要了,这一切就结束了。"

"要比这个复杂一些。不过,我跟你说吧,罗伯特,我再也不想这样下去了,再也不想撒谎了。"

"你没有回答我的问题。"

"对不起。我再也不想要和你保持性关系了。这就是你想要的答案吗?"

"太突然了,米歇尔。我想我需要一点时间来适应。"

"不,没门儿。不可能了。"

我穿上鞋,扣好大衣的纽扣,抓起手提包。

"这就和戒烟一样,罗伯特,如果不是一下子戒掉,你就戒不掉了。理智些。我们是老朋友了,一切都会好起来的。"

出门的时候,我对他友好地挥了挥手。我把围巾扎在头上,竖起了大衣衣领,在上午明亮而冰冷的空气中钻进一家安静的酒吧。我和安娜有时会在这里碰头,这里的卫生间干净整洁,光线柔和,布莱恩·伊诺的音乐,类似"小甜心"

或"无花果树下"[1]香气的香氛，绿植，带有自动清洁功能的马桶圈，可调节的喷水替代了卫生纸，如果想要的话，还可以用温热的风吹干臀部。简单地说，我需要梳洗整理一下。这次我侥幸逃脱了。我不知道，出现了什么样的奇迹让我能够及时脱身。我本以为鉴于当下的形势与以往的先例，我还得向他做最后一次让步，幸好最坏的情况没有发生。那些接近五十岁的男人开始衰老了，他们的反应也变慢了，他们会犹豫、不确定，甚至慌乱。我照了照镜子，从正面、侧面仔细观察了一下胸部。

我走进办公室，先和安娜拥抱了一下，然后责怪她没叫醒我，还让我一个人和罗伯特待在家里，我知道这很傻，但你也知道，我身上藏着一个别扭拘谨的姑娘，即便这个姑娘知道什么都不会发生，这么多年来，我无力改变，我不愿早晨醒来发现自己独自在最好的朋友的家里，而且她老公就睡在隔壁卧室；我知道，但我更愿意避免这种情况，我知道，我是个保守的老女人，不，真的，这真的让我很尴尬，不过简单地说，不管怎么样，我睡得很好。她饶有趣味地听我说完，然后告诉我爱德华宝贝的亲生父亲因为在泰国偏远地区贩毒而蹲了监狱。"文森特没有欠债。"她对我说，"如果我没弄错，是那个家伙需要钱雇律师。文森特把钱寄给他。"

---

[1] 两款香水牌子。

"你是想说，是你寄钱给他。"

"不过现在都结束了。我停手了。乔西过分了。文森特在挑女朋友方面可真是一把好手。"

她自然认为她们没一个配得上他，我也承认和乔西在一起，他显得格外敏锐、格外精明。

我走进自己的办公室，给里夏尔打电话。

"是啊。"他说，"我知道，看，这个毒品的故事是场彻底的诈骗。那家伙真让人不舒服，就这样。"

"那么再次谢谢你，谢谢你费心告诉我！"

"什么？等等，我好像并没有义务把我和文森特之间的对话汇报给你。冷静一点。"

"还好你现在没站在我面前。"

"我可以过来的，十分钟以后就能到。"

"天啊，你怎么能这么粗鲁？你就不能说点让人高兴的话吗？我唯一的罪行仅仅是要求知道这个家里传播的消息，更不必说这和文森特有关了。好了，谢谢接待，里夏尔，谢谢接待。不过把你的甜言蜜语留一点给你的新女朋友吧，别全都浪费在我身上。"

这次对话的语调是我们几年前常用的，在我们相继放弃之前，几乎每天，我们都用这种语气说话。那是很糟糕的记忆。那时，最初的幻觉开始褪去，最初的苦果出现，最初的嫌隙显露出来。那时我们刚刚四十岁。

我挂上电话。我学会了突然终止对话，任由交谈不欢而散，没有比这更糟的事情了，我们得不出任何结论，不如就让那伤口生生地敞着，过一会儿我再打给他，到时候那种紧张的气氛缓解了，我们能够更平静地谈论这一切。

我有权对他这么做，尤其是现在我们之间出现了这个姑娘，他违背了我们分手之后为了继续和谐相处而制定的所有规则。这个埃莱娜，意味着他根本不把我放眼里。

我知道没有人喜欢被人挂电话。我故意无视他的消息，让自己忙了一个小时。我整理完批注，打了几个工作电话，再次给他打了过去。"里夏尔，我不想和你吵架。我们再好好聊聊。求求你，看在文森特的分上，别把我们两个人的事搅在里面，好吗？"

他用沉默来回答我，我就当他默许了。"你在忙什么？"我问他。

"谁？我吗？哦，没什么特别的。你是问现在吗？没什么特别的。"

"我没打扰你吧。"

"没有。我在泡澡。伊雷娜那边有什么新消息吗？我去看过她。她让我害怕。"

"当然。不，没什么变化。你知道，她老了。她内部都老了，她用尽了力气。不过你说得对，看到她这样确实会感到害怕。花是你送的吗？我猜是你。谢谢。我换过水了。"

"你还好吗？"

"就那样吧。我说不清现在的感觉。我还没缓过来，我吃了点抗焦虑的药。不好意思，刚刚我挂断了你的电话。你可能不信，我身体在抖，很冷似的。"

"不用道歉。我知道你正在经历什么样的考验。"

"我知道你明白，里夏尔。有人明白，对我来说是莫大的安慰，这样我就不是独自一人面对这一切了。不管怎么说，我很高兴你知道文森特那些事，你会保持关注，和我做得一样好，现在即便情况没有改善，至少我能松口气，安心地睡一会儿。"

"如果我们把他当作大人，让他自己解决怎么样？安娜不该给他那笔钱。"

"不好意思，里夏尔，你怎么能说文森特足够成熟，让他自己解决呢？你在开玩笑吗？他证明过吗？我不知道在一头扎进乔西怀里之前，他经历过什么风雨吗？至少我不知道。为什么要给他按一些他从来没表现出来的优点呢？仅仅因为他是我们的儿子吗？所以他就比别人都聪明？"

"是的，为什么不呢？"

我记得他想要写全世界最优秀的剧本，他说他为电视台做的工作不值得被人讨论。遭到拒绝或被他寄予希望的东西通过邮局平邮退回来之后，我常常看到他坐在办公室里沉思。关于他的价值，我从来不透露　丝质疑。在我羞愧得无地自容、只会躲在阴暗角落甚至不敢说出自己名字的时候，我曾十分欣赏他身上的这种力量——这种感染了我的镇定自若。

"你觉得呢？"我反驳道，"你觉得一位母亲会眼睁睁看着自己的儿子一头往墙上撞过去吗？就为了看着长大了的孩子自己解决问题吗？"

回答我的是一片沉寂，但我能听到他的呼吸声，以及他浴室的汩汩水流声。屋外天气晴朗，风很大，吹在窗户上呼呼作响，树枝朝着各个方向晃动。

"别误解我的话，"我叹了口气继续说道，"我知道你想做到最好，但你不了解他，更准确地说是你了解他，但你高估了他的能力，你不知道他的弱点，你这样做只是让他去送死。"

"送死？你竟然这么说，他妈的！"

"你儿子在麦当劳帮人点薯条，里夏尔。你也许该醒醒了？"

"二十四岁卖薯条又不犯法。"

"但他现在好像还有一个女人和一个孩子要养活。你知道有什么不同吗？听我说，养孩子，就要坚持到底，不能中途放弃。我知道你要对我说什么，对他这个岁数来说，我们不是中途放弃，应该让他多锻炼锻炼，可是你想想，他可能正在踏入一个陷阱。你好好想想他现在的情况，你还是打算袖手旁观吗？我，他不听我的，可你不一样。你不能和他好好谈谈吗？那个女人不是他的妻子，孩子也不是他的。你不能让他听进去吗？"

"听着，我觉得他年纪已经足够大了，让他自己解决自己的事情，这就是我的看法。"

"不，等等。你跟我说什么，里夏尔？我没听明白。"

"你明白我说了什么。"

"你是想说你什么都不会做吗？你打算袖手旁观？你怎么了？难道你也疯了？你们是故意这么做的吧？"

这次是他挂了电话，不过我已经预计到他的反应，所以没什么特别的感觉，没什么大不了的，不，准确地说，这根本不值一提。

我望着窗外，大街上的树木，黑色石柱般的阿海珐大厦，大风扫过的屋顶，飘移的云朵，裹得严严实实的行人弯着腰走在路上，看上去很小。再过几天就是圣诞节了。最痛苦的事莫过于一动不动眼睁睁看着灾难发生。心中了然，却无法行动。显然，我们会后悔的。

我带着几份剧本去看望母亲。在大厅里，我买了几本杂志和两份色拉。我走进电梯，突然意识到我母亲既不能读书，也吃不了东西，说不了话，走不了路，更不能像以前那样忽闪忽闪地眨动眼睛——她非常擅长做这个动作。我感到十分忧伤，心头一阵抽搐，慌忙用手捂住胸口。

不管怎样，我给她读了一会儿书——古老的大陆继续衰落，将命运交给那些凶残的银行家，任其摆布。我承认有些担心她突然醒来，拉着我问我是否对她丈夫履行了所谓的道德义务。

可她曾过着那样放荡不羁的生活，嘲弄所有的道德准则，她自己对他尽责了吗？为了强迫我去见父亲，什么样可恶的招数她没用过？为了把她的意愿强加于我，什么样卑鄙的手段她没想到过？脑震荡也不失为一种诡计，符合她一贯令人作呕的阴险手段和不顾别人感受的处世风格。

下午才过半，但天色已经开始变暗。一架飞机从天空飞过，留下一道白烟，向着笼罩在粉橘色光晕的夕阳蜿蜒前行，白烟的尾部渐渐散开，最后完全消失在蔚蓝的天空中。"不能怪我。"我说道，"你明白，你不能当作什么都不知道。"色拉不怎么好吃，放了好多咸得过头的橄榄。今天有人来帮她梳过头，让我觉得自己做得不够好。

我没办法盯着她看，否则我会忍不住哭起来。我只能时不时看她一眼，目光迅速掠过她那纸板一般的皮肤，无法在她的脸上注目太久，我算是勉勉强强完成了看护昏迷中的母亲的任务。我握着她冰冷的手，望着窗外，不知道在等待什么。下午快过去的时候，有人在过道里挂上了装饰彩球和金色的纸质圣诞花环。"妈妈，我不会去的。我不知道你能不能听见，但是要我那么做是绝对不可能的，妈妈。对我来说，他什么都不是。对于把我和他联系在一起的那部分血缘，我感到非常羞耻——别让我重复说这句话，我已经说了五百遍了。你去看他，我不怪你，我随你怎么做，我尊重你的决定，也请你尊重我的决定，妈妈，别强迫我去做那些我无法忍受的事情。你是他妻子，我是他女儿。我们的看法不同。你去找他，你可能不知道，我并不怪你。你去找他，但我不愿意去。你能断绝你们之间所有的关联，但我不能。我的血液里流淌着他的血。你知道问题在哪儿吗？我不确定，但我想你从来没有设身处地地为我考虑过，你要求我做这件事就足以证明你从来没有站在我的立场上思考过这个问题。"

一位护士走进来检查一切是否安好，我停了下来。

我正打算离开的时候，拉尔夫到了。他借机又提起他住在伊雷娜公寓的事。"我对您的唯一要求就是别放火。"我对他说，"至于其他的，等事情变得更明朗了再说吧。"

拉尔夫是个谜。他究竟想要什么？如果他不是喜欢老女人的话，我真不知道他想从和母亲的关系中得到什么；我也不觉得伊雷娜是个出色的性伴侣——虽然我不能否定她在这方面有一定经验。里夏尔建议我别操心这些。"你说得对。"我说，"我真的不该管。好吧，我们不邀请他。"这样更好，不管埃莱娜来不来，我都不用在家庭聚餐时谈论这个问题，尽管我也没少费脑筋。我听凭里夏尔做他认为应该做的事。

他比我勇敢，有良心，可以毫不困难地做出选择，那就让他选择吧。我们在阳光灿烂的露天咖啡座上喝着酒。很神奇，这个座位吹不到冷风。昨天夜里下的雪积在一起又重新结了冰，在人行道上闪着光。天气不算太冷。"但是我们应该邀请帕特里克和他妻子。"我说道，"你觉得怎么样？他们能给我们带来一些新鲜血液，而且他们挺和气的。"

"他才不和气呢。他为银行工作。"

"是的，我知道。好吧，让我来出动我的王牌，让我们尽可能把这次聚会弄得开心点。求求你，换个脑筋。"

他用两只手握住我的手，轻轻揉搓，他知道我永远不会原谅他给我的那两记耳光，从那之后，这种对我表示关切的小动作总是伴随着叹息——轻抚我的背，让我靠在他肩上，按摩我的脚踝，等等。不久之前，他还对我说："三年了，米歇尔，马上就要满三年了，就要超过一千天了，我们能不能……"我打断他的话："当然不可能，里夏尔。你在做梦。不幸的是，不是什么都能得到原谅。即便我愿意，我也做不到。谁都没办法，里夏尔，我们必须面对现实。"

我非常讨厌流露出这种控制住我们的多愁善感，不论是谁，不论在哪里，但一段回忆或一杯酒往往会让我们愚蠢地变得伤感。我说"愚蠢地"，是因为没有任何改变的希望，他没有悔过自新的机会，那个污点无法被拭去。在这方面，他酷似我父亲，拥有那种被打入地狱不得翻身的天分，他们不可弥补的行为让他们无法得到救赎,将他们(从我心里)驱逐出去。

不过最近这段时间,他好像感觉好多了。对于他准备动手打我、然后猛地扇我耳光、最终导致我们离婚这个事实,他似乎能够接受了。认识埃莱娜之后,他似乎适应了已经永远失去我的现实。我相信他不会忧伤致死,那姑娘对他来说仿佛是一剂强效抗抑郁药物。

我抽回手。阳光依然明媚。他和她睡在一起后,他的呻吟似乎没那么伤心了,他看起来也更精神、更健康了。我是通过那张笑意盈盈的脸发现的——我都不记得他还会微笑,此外他也变得更有耐心。真是让人沮丧。那姑娘出现,占有了他最好的一面。我要了一杯伏特加,点燃一支烟。

里夏尔推荐了几道菜,我点了点头。说真的,我并没有认真听他说话。自从伊雷娜住院后,我都没什么胃口,有时候我还想吐。我希望自己没有怀孕——当然是开玩笑的,我怎么可能怀孕?除了那次强奸,最近这阵子我的性生活简而言之就是沉闷的一片荒漠,而他显然不是。

午夜弥撒的时候,妈妈过世了。当时我们已经离开餐桌,拆开礼物,斟上堡林爵香槟,一点都不可惜。周围充斥着亲切的家庭氛围。屋外白雪皑皑,但是温度几乎可以说是温和的,有些人出去抽烟。我担心安娜和乔西无法愉快地相处在一起,不过几杯酒下肚之后,安娜很快神情愉悦起来,她轻轻抚摸起睡在乔西手臂里的爱德华宝贝。天空中星光点点，没有云彩。帕特里克的妻子丽贝卡是个小个子红发女人，面部棱角分明。她赞美着闪耀的星空。她告诉我们在参观博韦大教堂时，她体验到了一种神秘的感受，所以几个月前在她明确要求下，她接受了洗礼；如果不打扰什么人的话，她想看几眼午夜弥撒的直播。"没关系，去吧，声音开轻一点就行。"我说道。就在此刻，我口袋里的手机振动起来。

一开始，我什么都没听到，只听到几声遥远的噼啪声。我站起身，一边往大门走，一边请对方重新说一遍，因为这里信号不好。我走出门外。我说道："喂？你好？"接着对方告诉我她过世了。我不知道该说什么，答道："啊？"我立刻挂掉电话，屏蔽所有来电，浑身颤抖起来。

一时间，我在犹豫要不要给医院回个电话，以确保自己没有听错。我坐在藤椅上，这是我和里夏尔刚搬进这座屋子时，她送给我们的。藤椅代我发出了可怕的吱嘎声，我也想大吼大叫，但我什么声音都没发出来。刹那间，我紧紧地握住椅子的扶手，等待地震过去。

地震过去之后，我感到身上湿乎乎的，两鬓都是冷汗。月亮挂在树林上空，散发出清冷的光，远处的巴黎灯火通明。一只刺猬在我面前穿过花园。我听到人们聊天的喧哗声，转过身去，看到安娜和文森特正在一边吸烟，另一边是帕特里克和罗伯特——罗伯特对雪茄十分了解,这下找到了听众。

一切井然有序,一切都显得宁静安详。没有人发现异常。我强迫自己放慢呼吸,抑制心跳。

接着,我站起身来——没费什么劲,我对着人们保持微笑。我问他们还需要什么,罗伯特说了句话,我笑着回应,然后走回屋子。其实他说了什么,我一点都没听明白。我完美地骗过了他们,他们都被蒙在鼓里。我走进屋里。丽贝卡盘腿坐在沙发上,她正瞪大双眼,观看午夜弥撒那些无声的画面。屋里还有三个人,持着酒杯,凑在壁炉旁边。我在丽贝卡身边坐下。

"我刚刚得知我母亲过世了。"我盯着圣母院的直播画面说道。

她看了我一眼,摇了摇头。我不清楚她的思绪在哪儿,但肯定不在这里,不在我身边。我对她淡淡一笑。把这个糟糕的消息告诉她之后,我感到轻松了许多。与此同时,事情还在我的控制之中,我现在不必告诉其他人,丽贝卡不会泄露这个消息。我问她要不要来点儿茶或者树桩蛋糕。她似乎对这两样东西都非常感兴趣。我接受了她的点餐。刚才我脑子里回忆着一个奇怪的、面目模糊的女人,但此刻我已忘却。我去厨房泡茶。当我从里夏尔身边经过时,他对我友好地眨了一下眼,如果他什么都没发觉——如果连他都没看出什么不同寻常之处，只能说我伪装得过于出色。

我端着一盘给丽贝卡的食物从厨房出来时，其他人也从屋外走了进来，一股冻土的气息随之而来。大家又开始热烈地聊天，目光交错。很快，我又开始在人群当中游走，那个可怕的秘密就像一块热乎乎的护身符一样紧紧贴在我胸口。

黎明时分，我送走了罗伯特和安娜，关上屋门——他们是最后离开的。我觉得偷到了几个小时，可以暂缓面对伊雷娜，也暂缓面对我自己，我们都好好利用了这段时间，我们又像从前那样，两个人保持距离，独自度过这最后的时光，没有人可以依靠，对此，我从内心深处感到十分满意，逐渐恢复平静。我在门口站了一会儿，等着罗伯特找车钥匙，等着他们离开。一只乌鸫停在离我几米远的地方，它低下头，眼睛却一直盯着我，有点虚张声势的样子，仿佛我们已经是老相识了，似乎我们都知道发生了什么。上床睡觉之前，我切了几块苹果，放在盘子里留给它吃。

下午过半，我睡醒了，然后开始向朋友们宣布母亲的死讯，我收获了许多尴尬的沉默，他们鼓励我渡过难关，又提议给我各种各样的帮助，可我谁都不想见，谢绝了他们的好意。

除了帕特里克，但他的来访和伊雷娜的死讯没有关系——他还不知道她过世了。他到我家来是为了找东西——

一个不值什么钱的手镯,但那是丽贝卡去卢尔德①朝圣时买回来的。"不好意思了,但是她想到可能弄丢了,简直要疯了。"他一边说一边把手插进沙发的靠背和坐垫之间的缝隙中摸索,聚会那天晚上他妻子没离开过的那张沙发。"再次十分感谢你,那晚的聚会棒极了。"他又说道。他屈膝跪在沙发前,眉头紧皱,手继续艰难地摸索着,前臂整个儿没在软垫之中。

我一边观察着这个蹲在我脚旁的男人,一边示意他不用谢。给他开门的时候,我注意到周围起雾了,远处的狗叫声仿佛穿过棉花一般传了过来。

才四点钟,但天色已经开始暗下去了。这些年,我和里夏尔或罗伯特,还有那个小提琴手或者别的什么人,就在这里,就在这张沙发上做过多少次?"好了,找到了!"他挥舞着那个他要找的镯子说道,开心地笑了起来。

我的裆部几乎和他的鼻子处在同一高度,大约一米。当然这次我没穿错睡袍,身上披着长的那件,但我小心地让它微微敞开。我等待着。他仍然在微笑,没有动。我抬起头,望着白雪皑皑的树林,树木的剪影在夜晚透着一点蓝色。我觉得时间差不多了,转过身朝着门口走去。"伊雷娜今天凌晨离开了我们。"我说道,"帕特里克,对不起,我没法招待

---

① 法国城市,朝圣圣地。

您。我需要独处。代我给丽贝卡一个拥抱好吗?"

他站了起来,一时间仿佛受到各种情绪的冲击,脚下有些踉跄,但伊雷娜的死讯似乎占了上风,他退却了,笨拙地对我道歉,拥抱了我一下。如果现在他想的事情和一分钟之前在我脑子里的事情一样的话,已经太晚了,我的念头已经烟消云散,激情并不可控。

圣诞节和圣西尔维斯特节①之间,公司放假。我利用这几天来处理那些可怕的事情:举行葬礼、处理遗物。

在节庆期间失去母亲尤其让人难以承受,丧葬服务都在磨洋工,悲伤之外,还让人觉得虚无、不真实,时间仿佛暂停了,感情变得麻木迟钝,使得曾经在肚子里孕育了你的那个人的离世显得更加令人不安、令人难以接受。

拉尔夫答应我一月底之前把房子腾出来。时间还早,但我什么都没说,因为我知道他不可能立刻找到住所,所以我接受了。为了尽可能不打扰他,我们约定了一周内哪些时间我能去整理伊雷娜的遗物,打包装箱。

我迅速地打量了一下公寓内的情形。我对他说,是为了看看哪些东西需要搬走。我和他聊了聊葬礼的准备工作,问他是不是要出席。

这让他十分恼火。我竟然认为他不会出席伊雷娜的葬

---

① 每年12月31日。

礼，这似乎深深伤害了他。"我只是想说您并不一定要参加，拉尔夫，但如果您来的话，您知道，我们当然欢迎。"

我发现他的脾气一点就着——之前我都没发觉。里夏尔对我说他对此并不意外，第一次见到拉尔夫的时候，他就感觉到了。"他那种勉强挤出来的微笑，完全可以鉴别出来，他肯定是个讨厌的人。"

"好吧，你说得对。但是不久之前他还和她睡在一起，可不能不当回事儿。他可不是什么可有可无的远亲。他曾把她抱在怀里，他曾亲吻过她，他们肌肤相亲。从某种角度来说，太可怕了。"

"可怕什么？"

"可怕什么？好吧，我不知道，他们曾经的关系，他对她的了解，他们的年龄差距，他们的亲密关系……你知道可怕的是什么吗？她想要两样东西。她想要再婚，但我反对，彻彻底底地反对，这是其一。另一件事关于我父亲，她希望我能在他去世或者彻底失去理智之前至少去看他一次，我也拒绝了。你怎么想？这个总结不是很过分吧？我想也许拉尔夫是最后一个曾给她带来快乐的人，不管怎么说，即便不是他，显然也不会是我。我觉得太羞愧了，想到这些我就难过极了。"

我们在陈列着的墓碑之间慢慢踱着步，认真地研究那些棺木。路的另一边，是家旅行车经销商，褪色的小旗子在灰色的天空中摇晃。里夏尔向我伸出手臂。我希望埃莱娜快点发现我和他之前的事情还没完全结束，然后大发雷霆。你们会发现依然是我去接受人们的检视，是我去接受人们的批评，仿佛不管什么事都是我强迫他做的，是我强迫他来陪我的。我想他知道自己在干什么。如果他不清楚，我会第一个表示抱歉。

话说回来，我很庆幸他和我一起来了，因为我有点晕头转向，无法做选择，无法决定用这个款式还是另一个款式，搭配哪款软垫。我恳求里夏尔替我做决定，尽力就好，而我走到外面抽支烟，透透气。

葬礼在周四举行。零零星星几朵雪花飘荡在灰白的天空中，风一吹就在空中打旋，最后落在明光铮亮的棺木表面。里夏尔和文森特分别站在我两边，我觉得他们都准备好了，一旦我昏厥，他们就会立刻介入。我不用预备椅子放在附近，万一我站不稳了，他们一定会扶住我。

我没能坚持到最后一刻，我没这勇气。我不想看着棺木被放进墓穴，但我又不能干扰葬礼的正常进行，只得向他们做个手势表示一切都好、我不需要任何人帮忙。我一个人向出口走去，没走几步，就昏了过去。

我恢复意识时，发现自己躺在稍远处一个为我撒空的长凳上。我并不感到意外，这真的是个沉重打击。对于守墓人来说，这不是什么新鲜事——我是他这个星期见到的第三个晕倒的人，他建议我吃点糖。我坐了起来，让围着我的人们放心。我的脸似乎和纸一样白。是啊，毫无疑问，不过现在好了。这是场艰巨的考验。话说人们总把自己想象得比实际更强大，来看看我的亲身经历，现实负责把你打回原形。

帕特里克承担起了送我回家的任务。刚才我表现出的自控力让我自己站在这些墓碑当中显得特别弱小可怜，他们都认为我不适合开车，如果我打算一意孤行的话，他们会把我绑在后座上。

我处于一种阴郁的精神状态之中，更希望独自回家，希望一言不发保持沉默直到第二天天明，可他们几乎直接把我抬到车子旁边，将我安置在座位上，替我系好安全带，还弯下身子凑到车窗前叮嘱我在没有新指示前都要保持平静。我回避着罗伯特充满欲望的眼神，这种眼神现在变成了祸患和令人不安的因素。

"不要和我说话，谢谢。"帕特里克发动汽车时，我对他说道。

我们沿着河岸行驶，穿过塞纳河上的桥，驶入树林。我没有看他，也没对他说一句话。他什么也没说，安安静静地驾驶着汽车。下起了细雪，天空看起来更加阴沉。"我们运气不错。"我说道。

"天气预报说今夜会有大风。记得关好百叶窗。"

我点点头。他的陪伴并没有让我觉得不自在，但和他聊天确实让我痛苦。说真的，他激怒了我，他经常说出不合时宜的蠢话，而且我们的想法常常不同步。

我们到达时，我一刻都没等，下了车。

直到我走到门前，他都没有重新发动汽车。现在我进一步了解了他的妻子丽贝卡，觉得自己更能理解他了。显然，对原材料进行投机或者调整新的金融体系并不需要非同寻常的人性优点，也不需要出类拔萃的同情心，但我们真的希望和像丽贝卡那样的人共度人生吗？

我耸了耸肩，走进屋子。我关掉了警报器，向外望去，但我看不到他，因为雪突然变大了。早晨出门之前，我调高了暖气温度，现在室内温度很舒服。自从我开始独居，这座房子就显得有些大；里夏尔和文森特还住在这里时——尤其是一开始伊雷娜也和我们住一起，大小刚刚好。我把阁楼下面的一间大房间改造成我工作的地方，里面放着我的书桌、几个坐垫，还有一个大屏幕。伊雷娜占据了底楼一部分。事实上，我们那时并没有太多空间，最后她把我们搞疯了。在弄出流血事件之前，我们花钱替她租了房子，让她住到别处去。

二十多年前，公司早期的一个项目获得了意想不到的成功之后，我买下了这处房子。房屋状况一直维护得不错，我希望至少它能成为这个家某种牢固的东西，希望它继续存在下去，希望所做的一切不会到头来是一场空。我找人来灭杀白蚁，几片屋瓦在 1999 年的风暴中被刮走了，我们又借机找人重新盖了屋顶。里夏尔并没有像我这样喜欢这所房子，因为这一墙一瓦都仅仅归功于我，这让他无法忍受。

我没能消除他的这些想法。最后，我放弃了。最后，我忘记了没有解决的一切问题迟早都会重新出现的——而且会变得更严重，这种痛苦直到最后一刻都在折磨我们。

我爬上阁楼，看看我还有多少空间来收纳伊雷娜的物品，顺便趁机窥视邻居的房子。鹅毛大雪无声地下着。底楼的几扇窗上挂着饰有彩灯的圣诞花环，闪闪发光，烟囱冒着烟，天空笼罩在半明半暗之中。

我并不怎么饿，但我还是决定去吃点东西，恢复一下体力。我戴上耳机，开始播放尼尔斯·弗拉姆的专辑《毛毡》。我一边叼着烟，一边敲开了几个鸡蛋丢进锅里。妈妈确确实实过世了，这已经成为板上钉钉的事实，然而最后尼尔斯·弗拉姆让我彻底高兴起来。

现在，一场真正的暴风雪刚开始，不知道是暴风雪的缘故还是因为时间不早了，天色暗了下来。尽管戴着耳机，我还是能听到风的低吼。

我换上睡衣，卸了妆。

夜晚降临时，他敲开了我家门，他说看到我的百叶窗现在都还敞开着，他不太放心。"我本来并不想打扰您，但我觉得这样下去可不行，如果什么都不做，您家一半窗玻璃都会被吹成碎片的。"我犹豫片刻，让他进了屋。我们费了很大力气才把门关起来。他从头到脚打量了我一遍。这个男人还真有本事，总是在我穿着不太得体的时候出现。"您真该看看 1999 年的那场风暴。"我说道，"简直和世界末日一样。"

可我还没说完，他已经向离我们最近的一扇窗冲了过去。他打开窗，探身去拉已经被风吹得贴在外墙上的百叶窗。这是场无情的斗争。他身子弯成两截，头发都竖了起来，低声咕哝着。风已经把客厅吹得一片狼藉。我正在犹豫要不要也投身那可怕的旋风中，谢天谢地，他终于关上了百叶窗，一切归于平静。"帕特里克，我从来没数过。"我对他说，"但我想这座房子大概有二十几扇窗。"

"这是西风。我们先关好这个方向的百叶窗吧。"

他的语调十分威严，在别的场合，这常常成为他的一种缺点。我听从了他的安排，和他一起走到下一扇窗前。他手放在把手上，我给他一个信号。刺骨的冷风涌了进来。帕特里克拉着窗户，我探身出去抓住百叶窗，用尽全身力气把它们拉过来。百叶窗砰地一下关上了。"好极了。"我善良的邻居说道，急匆匆地关上了窗。一时间，我觉得自己被冻僵了，还没从刚才的行动中缓过劲儿来。他伸出手，隔着睡衣轻薄柔软的面料抚摸我的手臂，我们之间的距离是他手臂的长度，也就是大约五十厘米。

"我们再去楼上看看。"他说。我重新振作起精神,擦掉眼睛吹到风之后流下的眼泪。

我的卧室在西面。他在门口停下,用眼神询问我。我点了点头。我们走了进去。床上乱糟糟的,没有整理,内衣也随手扔在扶手椅上。我没想到会有人来。

"我没想到会有人来。"我说道,顺着他的目光看去。他假装找到了窗子,在给首都带来大雪的狂风的猛烈冲击下,窗户呻吟地发出吱嘎噼啪声。此刻,他向我走了过来。此刻,他完全可以如他所愿,赢得这场竞赛。

他似乎觉得我们更应当优先处理窗户的事,于是我们又重复了一遍刚才的操作。冰冷的空气汇聚在我的胸腔里,我觉得更加疲惫了。我在床上坐了一会儿,打算缓一缓。他也坐了下来,把手覆在我的膝盖上,隔着睡衣轻薄柔软的面料轻轻抚摸。

"我们再去楼上看看吧。"他说道,"我们就快干完了。您能听见吗?不,您听到风声了吗?这是您的卧室吗?我很喜欢。都是您布置的?"

他站起身。我们上了楼,走进我的办公室。我没有把所有灯都打开。办公室里有几个巨大的垫子。朝西的窗户受潮了,木材有点膨胀。我们两个人一起去拔插销。插销松开之后,我们滚到地板上,他的身体整个儿压在了我身上。该死的冷风涌进了房间,他跳了起来,去关那可恶的百叶窗和那讨厌的窗户，而我觉得身上一道电流蹿过。

还剩阁楼。我没有反对。那里的气氛有点特别，放满了各种各样的闲置物品。自从搬来这里之后我们再也没碰过这些物品，它们是我们的过往所剩的全部，是关于我母亲和我的一切。旅行箱、纸箱、文件、照片，从来没拆开过，从来没打开过，从来没翻看过。我们顺着狭窄的楼梯爬了上去。阁楼上，风声呼呼，像飞机引擎发出的声音，屋架使出全力吱嘎作响。好极了。我打开灯。灯泡烧坏了。"啊，该死！"不管怎样，我们走了进去。

我等待他发出信号，但他冲向窗户，像聋了一样，拼命摇晃插销。窗户打开之后，我跑到窗边，再一次把身体探出窗户，尝试去关百叶窗。慌乱中，我大声喊了起来，穿着绒布睡裤的屁股一阵乱扭："我够不着，帕特里克！快帮帮我！"

没想到由我跨出了这第一步，我觉得有些难以接受这个事实，打算事后和他聊聊。我觉得十分丢脸。我需要直接挑逗他，给他指条明路吗？还是我得抓着他的手，把它引到我的大腿之间？无论如何，我终于关上了百叶窗，帕特里克的身体猛地贴在我背上蹭来蹭去，他的手伸进了因为有橡皮筋才勉强挂在我腰上的睡裤里，一路向下朝着我的私密处直奔而去。

我满脑子只想着我们就要成了。我满足地喘息，分开双腿，扭过头，用嘴唇去迎接他。可他突然往后一退，似乎还发出了一声呻吟，朝着楼梯方向逃走了，消失在了昏暗之中。我不敢相信，我不敢相信竟然会发生这样的事情。我惊讶得目瞪口呆。

一夜都没睡好。早晨，我发现家门口有束花，我直接把它扔进了垃圾桶。

将近十点的时候，他按响了门铃。我打断了他的解释，告诉他我毫不在乎，然后关上了门。我透过猫眼观察他，他向外走了几米，低着头，精神萎靡，跌坐在被我撤走了坐垫的秋千椅上，用双手捂住脸。

直到中午，他还在那儿，没有动。天空清朗，风依然一阵接着一阵刮着，风力变小了一点，但是依然冷得刺骨。如果我不去救他导致他死在我家门口，我得承担什么责任吗？我忙着自己的活儿，在楼层之间上上下下，有时又原路返回到门口，看看那家伙是不是仍然守在他的岗位上。

安娜给我打电话，我把现在的状况讲给她听，她建议我赶快把帕特里克弄回他自己家，别让他着凉，更别搞出什么丑闻。"可你做了什么把事情搞成这样的？"她问我，"我快要被你吓傻了。你要我来一趟吗？"

"不需要。"我望了一眼帕特里克答道，"没必要。"

我看了一部莱昂纳多·迪卡普里奥的电影。电影放完时，天色已暗，而他还在那里。我在屋里转了几圈，最后换上衣服，走了出去。

我站在他面前，双手叉腰。"也许您觉得自己很聪明？话说您打算在这椅子上过夜吗？"他目光中似乎有光闪过，但转瞬即逝。他一只手抓着驼毛大衣的领子，捂住脖颈，这只手仿佛被人用强力胶粘在了大衣的翻领上，寒气给大衣蒙上了一层白纱。我看见他不知道对着什么可怜兮兮地微笑着，脸上的肌肉看起来似乎僵住了。

我将手臂从他的肘部穿过去，强行让他站起来。他没有力气，连骨头都冻僵了，整个人蜷缩着，令人不安。我把他安置在壁炉前的凳子上。我并不打算让他久留，给他倒了一杯格洛格酒，等他能够重新控制十指的动作之后，他就能自己拿着喝了，但是现在他还哆嗦个不停。

"认真地说，到底是什么问题？"我问道，"有什么不对劲？"

我本来就不指望他回答我。我吸了一口烟。他摇了摇头，我看到他嘴巴嚅动了一下，试着说出几个词，一点声音也没发出来。我给他一粒含有少许麻醉剂成分的润喉糖。

"帕特里克，您把酒喝了，然后回家去吧。这事儿就此打住，好吗？"

他依然冷得牙齿咯咯作响，他对我说他只是来道歉的，昨晚他把手放在我身上，这让他自己也觉得非常恶心。

他坐在壁炉前，打着寒颤，我盯着他看了一会儿。

"还好，没什么，也不用小题大做。"

我点燃一支烟，塞到他嘴里。

"帕特里克，跟我说实话，您不喜欢我吗？"他支支吾吾，似乎愤慨得说不出话。现在，天已经完全黑了。

我观察着他，什么都没说。我想我没那个耐心。我累了。我等他面色恢复一些，等他喝完酒，然后送他出门，给他指了一下方向——他的汽车还在院子外面等着他。

他轻捶胸口，转回头朝我看了两次，我微微点了点头。今天是满月。我看着他走过结了薄冰的地面，向着他自己家挪过去。他家就在马路另一边。虽然工作中，我也见过几个奇怪的男人，但帕特里克打破了所有纪录。可不管怎样，我喜欢他。我很想立刻了结这桩麻烦事，立刻和他断绝往来，因为和这样一个复杂的、难以揣摩的男人在一起，我们只会给自己招来麻烦，但我又觉得自己还没有完全老去，我觉得自己还能经历几次非同寻常的艳遇，我还有那种能力与精力，我猜这场游戏不会就这样结束。

我在壁炉前待了一会儿，心却早已跑到别处。接着我爬上楼，在办公室里包了几件礼物。我准备得晚了，母亲的离世完全打乱了我的计划。我写了几张贺卡，塞进这些礼物里，然后打起了哈欠。我的手还搁在嘴巴上没放下来，突然有人扑向我，把我猛地推倒在铺着地毯的地上。摔倒的过程中，我扯掉了台灯的插头，房间陷入一片黑暗之中。我大声叫了起来，结果下巴狠狠地挨了一拳。侵犯我的人戴着头套，只露出两只眼睛。我有点头晕，但我用尽全力反抗，叫得更响。这次，他干得没那么利索，或者说是我彻底发狂了，他没办法控制住我。我一点都不觉得害怕，因为我陷入盛怒之中，我不知道他有没有武器，但怒火让我丧失理智。

然而，他整个身体重重压在我身上，用手卡住我的脖子。我大声呼喊"救命！救命！"，引得他用力给我的脸来了一拳，但我处于狂怒之中，没有晕过去。当他试图扯掉我的裤子，我抓住放满书的书架的一只脚，不断扭动挣扎，对他的脑袋蹬了好几脚，终于摆脱了他的控制，躲到一边。

可他很快又占了上风，我只能往后退，等待他再一次对我发起攻击。我坐在地板上，背靠着墙，手碰巧摸到了刚才包装礼物时用的剪刀。

他猛地伸出手，想再次把我抓住，但他的手没伸出多远，就被我用剪刀刺伤了。我攥紧剪刀，向他刺过去，刀尖贯穿了他的掌心。

结果轮到他大叫起来，我听到了他的声音，但我之前就已经知道他是谁了，也许我一直都知道，不用扯掉头套，我也能认出他。

我一下子站了起来，继续用剪刀指着他。"离开我家！"我对他命令道。我的声音嘶哑，身体因愤怒颤抖着。我逼着他退到楼梯口。"离开我家！快滚！"我对着他激动地挥舞着剪刀，刀刃被他的血染红了。我的双眼喷射出怒火。我只等着再次还击，我会快得如同一道闪电。我是如此愤怒。他看出来了。我很高兴他看出来了。他表情痛苦，受伤的手紧紧地贴在身体上，一步步向后退去。但在这痛苦的表情之下，我不知道，我不知道他真实的感觉是什么。他退到房子的入口。"快走开！"我对他说，"别再接近我！"

他转过身，握住门把手。我不知道该不该去指责帕特里克，去指责那个我认识的帕特里克——我的邻居帕特里克，和我调情的帕特里克。刚才试图侵犯我的肯定不是那个我认识的帕特里克，那个戴着头套的家伙不是他。如果没有手上的那个伤口，我多半会心烦意乱。也许此刻我正在心里质问自己："你在干什么？那可是你的朋友帕特里克啊，你没认出来吗？"

门开了。他向后退去。我跟着他，继续用剪刀对着他的脸。满月有些炫目。我眯缝起眼睛。两个帕特里克在我的脑海中重叠在一起，我停住脚步。他继续后退，现在我清晰地看到了他的另一面，就是那个强奸过我、刚刚又试图再次如法炮制的男人。他脚下滑了一下，在结了冰的路面上摔倒了。我不得不克制住自己，以免本能反应似的上前去扶他起来。

报警的念头在我大脑中一闪而过，但我没有那样做。我更想先洗个澡。即便对我自己，我也不敢说出真相。

第二天，我去取车，然后去了墓地。这是葬礼之后我第一次去那里。我并不是必须这么做，可以等等再去，不过这里几乎空无一人，如果我突然选择逃跑，也没什么能阻拦我。

墓碑还没安置好，然而那个小土堆可能更令人印象深刻。有人留下了几枝鲜花，还没完全枯萎。圣诞节与新年之间的这段时间总有些特别，不同寻常的寂静伴随着我的来访，让我感到平静却又不真实，这种感觉与我现在的状态完美契合。我毫无意识地弯腰清理了一下墓地，我请求她原谅葬礼那天我蹩脚的表现。今天似乎特别适合来墓地看望母亲，清澈的天空像百合花一样洁白，冷风吹在脸上有点疼，但恰到好处。

我站起身，注意到四周种了不少树，视野开阔。"这儿挺好的。"我对她说，"虽然是在城市里，但和乡村差不多。等到了夏天，还会有鸟儿和蜜蜂。"

我轻抚了一下冰冷的深色泥土，然后转身离开。

我把车停在小型超市的停车场，准备去买些香烟和猫粮，此时已到傍晚时分。

我很高兴自己通过了墓地的考验，而且表现得还行，心中的忧虑少了几分。我用一种令人尊敬的方式承受住了这次打击，这比我之前想象的好太多。我知道以后我能够从容地时不时来这里看看她。我还需要她。这里让我安心。

在商店门口，我碰到了帕特里克。他抱着一些食物，看到我，愣了一下，脸色变得苍白，突然跑了起来，可能是怕我身上又带着什么武器。在他奔跑的颠簸中，一个袋子裂开了，里面装着的东西哗啦啦散了一地。

我没有转身，继续向酒水区走去。我依然在生他的气。我也生我自己的气，我竟然任凭自己被愚弄，不愿看清面前的事实。我仍然保留着用棍子狠狠揍他一顿的权力，或者把他弄个半死不活，让他再也不能祸害别人。那样的场面可能还会再次发生，不能让他靠近我。

可我还是想要他。太糟糕了。要不是担心会被超市那个剃平头的保安抓起来、铐在取暖器上，我真想气恼又绝望地大声吼叫。我讨厌对自己开的这个糟糕的玩笑。我哪里出问题了？年龄吗？我也搞不清楚。我买了汽水、杜松子酒、橄榄、零脂鲜奶酪。一瞬间，我开始思考是不是要和罗伯特重修旧好，只专注于这一段关系，放弃其余的，这会让事情变得简单，还能平息他心中潜藏的怒火，不过最后我都没办法说服自己，只能放弃这个念头。

"我没有邀请你那位朋友。"他接我去参加圣西尔维斯特节聚会时对我说。他发型一丝不苟，脖子上系着一条围巾，脸上挂着刻薄的微笑，露出雪白的牙齿。

第一个让我感受过些许快乐的男人和他有几分相似，只不过那时我才十六岁，那是我父亲犯下杀戮罪行之后负责为我心理疏导的心理医生,还是一个小有名气的心理医生,实质上是个骗子。

"罗伯特,听我说,我很高兴你没有邀请他,我真的很高兴。"

"呵呵。"

"我是认真的。"

我把大衣递给他。在他的陪伴下迎接新年并没让我感到多兴奋,但我没有办法避开他,其他朋友都在这儿,而且我现在的状态还没法儿独自度过新年前夜。

我母亲三天前才下葬。我不可能喜气洋洋,也不可能跳到桌子上去跳舞,但我需要人陪伴,也许再来一杯酒。伊雷娜以前最喜欢这种聚会了,她会提前一个月做准备。里夏尔过来和我打了个招呼,不管怎样,除了我以外,他是对伊雷娜的离世感触最深的人。伊雷娜不是个招人喜欢的女人,不过里夏尔忍受得了她,最终时间偏向了她,几年后,他们成了好朋友。对他而言,伊雷娜放荡的生活与他无关。

她过去经常要我向他学习,学习如何尊重别人的生活,还常坚持让他来评理,也愿意听从他的建议。所以他主动提出要帮我整理她的遗物时,我接受了。

"帕特里克没来吗?"他问道。

"没来吧。我也不知道。你为什么问我?"

"什么?"

"他已婚,有老婆。为什么你要问我他在哪里?"

"哦……不好意思,我以为……"

我耸了耸肩,走开了。参加聚会的人当中有几位作家、和我们一起工作的几名编剧,还有几位为我们拍摄过短片的导演。整套公寓装满了自我,如果停电的话,这些人大约会自行发光。他们看起来气色不错,手上有无数的项目,但都想先利用这场聚会放松一下,至少在一年之中的这几个小时把生意抛到脑后,具体的表现可以是伸手取一杯香槟。

"哦,文森特,亲爱的,谢谢!你好吗?乔西还没来吗?"

他脸色沉了下去,给自己倒了一杯酒。"她不来了。她不想到安娜家来。"

"是吗?为什么呢?"

"就是不想来。"

"唉,真复杂。好吧,那台平板电视怎么样?你们还满意吗?"

"满意。唔,怎么说呢……那东西从早开到晚。我都不知道她当中有没有去上个厕所什么的。"

"这样下去,她的眼睛肯定会坏掉的。"

安娜对我使了个眼色,说道,对乔西和她来说,这样更好,另外,在文森特的问题上,她需要我的支持。"你知道的,那姑娘就是个害人精,只有这个傻小子什么也看不出来。"

"我已经提醒过他一百遍了。"我说,"我已经警告过他一百遍了。一百遍。"

"她想要把孩子的父亲从监狱里搞出来。这是她最关心的事儿。为了这个,她可以付出一切。如果文森特弄不到钱,我不知道她还能爱他多久。你知道,我觉得我们现在就应该研究一下孩子的监护问题,以防万一。"

"好的,不过今晚就算了。"我笑着答道。

我转身向人群走去。

我不是个男人,不过当我看到埃莱娜的时候,我也能想象出这么一位美丽的年轻女性在场时男人们的感受。"我和你想的是同一件事。"安娜一只手搭在我肩上,说道。

我点了支烟。客厅里家具被推到了一边,摆放了一大桌自助餐。我四处闲逛,避免和罗伯特面对面碰上。

晚一点的时候,他还是把我逮住了。将近凌晨三点,大家都有点累了。我站在落地窗旁边看着雪花从天空坠落。

"我要告诉大家。"他凑到我耳边悄声说道,"谎言该结束了。"我一把抓住他外套的翻领。我知道他不是虚张声势。我熟悉这种眼神。"好的!"我咬着牙答道,"好的,我可怜的罗伯特。"

"等等。把'我可怜的罗伯特'收回去。立刻收回,不然我就走了。"

"我收回'我可怜的罗伯特'。"

"我只是想提醒你,听你的意思,以前和我做爱并没那么那么痛苦。"

"谈论过去毫无意义。别让我给你解释这些无法解释的事情。"

"别这样对我说话。我可不是傻子。"

我们约好下个星期某天傍晚见面谈。外面的雪差不多停了,积雪结成了冰,闪闪发光。

"你不觉得倒胃口吗?"我问道,"用这种方式结束?"

"我希望我们的关系和从前一样,不要发生变化。最好什么都不改变。最好你也还和以前一样。"

"所以你只能来要挟我?像个蠢货一样?"

"收回这句话。"

"好,我收回。但这不值得,你什么都做不了。下次见面,如果我的心没跟着去,也请你原谅。你不会怪我的,对吧。尊重应该是自发的。"

不管怎样,我接过了他递给我的酒杯,但我拒绝和他碰杯。"和我发生关系可不是小事。"我对他说道。

他笑了,对我做了一个脱帽礼的动作,转身离去。我知道我的回答有些可笑,但我真的醉了。这正是我想要的,这正是我需要的。

将近凌晨四点的时候,我不告而别。街上空无 人。我避开主干道，没过多久就出了城。开到离家几公里的地方，起雾了。雾气仿佛在捉弄我一般，我几乎什么也看不清，不得不用力地踩了两次刹车。我想起来车子有雾灯，可等我把它们打开，发现也没什么用。真的是怕什么来什么，转弯的时候一个失误，我的车冲进了路边的沟里。

撞击十分猛烈，气囊弹了出来，差点把我撞晕。我缓过神来，发动机已经停止工作。我首先注意到的是四周寂静无声。我伸手给汽车熄了火，彻底陷入黑暗之中。

我知道自己在哪儿。这是一片小树林，已经离家不远了，就快到了，但这是一条小路，平时就很少有人经过这里。呵，新的一年真是开局良好。我向后仰着头，一动不动坐了一会儿。准备下车时，忍不住叫出声，惊醒了沉睡在乳白色阴影中的树林。我感到一阵来自左脚踝的剧烈疼痛，钻心的疼痛与惊讶让我张开了嘴。

我恢复呼吸，小心地弯下腰去摸了摸脚踝。什么也看不见，揣测脚踝或脚掌是不是骨折了，这个念头让我觉得有点慌乱。不过好像还好，表面没有出血，只是我的脚不能动了。

我想了想，打开双闪灯。雾气太浓了，引擎盖前部的状况我都看不清楚。我突然冷冷地笑了一下。我又想了想，头还是有点晕。我得承认我是个坏姑娘。一种邪恶的力量让我感到兴奋。我拨通了他的电话，没问他是否把他给吵醒了，只是把我现在的状况告诉他。

"我马上就到。"他答道。

我点起一支烟。只有在极少数情况下,理智会占上风。我心想,当人们屈从于理智,难道不是只会引起失望、忧郁、绝望吗?

他匆匆赶来,只在睡衣外面套了件大衣,这让我有些感动,但我什么都没表露出来。他俯下身。我拉下车窗玻璃。"把我送回我家,谢谢。"我对他说。他点了点头,双手插在口袋里,眼睛却盯着他自己的鞋尖。我们就这样一动不动地对峙着,过了好长一会儿,我说道:"好吧,听着,帕特里克,我受伤了。您得帮我下车,明白吗?"

他似乎忘了怎么说话,但他还会用手。我拽住他的手臂,他把我从驾驶室拉了出来,拖出了路沟。这是我揭穿他真面目之后我们第一次身体接触,我有一种奇怪而强烈的感觉。他几乎可以说是抱着我。我似乎被迷住了,自然是被这个男人迷住了,也被我自己迷住了,鉴于我的这个才能——小心挑选的超凡才能。

他让我坐在他旁边,并提醒我系上安全带。我们的眼神全程没有交流。他的手紧紧地握着方向盘,十分醒目。他的脸正对前方,映着仪表盘微弱的光线,一次都没向我转过来。

我什么都没说。我辨认出了车里的气味,是教堂焚香的气味。他还是那个温文尔雅的邻居而不是前几天强奸我的神经病时，我曾坐过他的车，我还记得那时我再次闻到这种带有童年记忆的味道时笑了，这种气味让我感到平静。但这次，它给我的感觉截然不同，让我觉得十分讨厌。我拉下我这一侧的车窗。冰冷的空气涌了进来，可他什么也没说，注意力都放在驾驶上。他手上缠着的纱布洇着暗红的血迹，一定是刚才他把我从车里拖出来的时候，伤口又裂开了，这又让我想起了他和我之间不久之前发生的那些粗野的事情。我不该忘记。帕特里克是个残暴的男人。他一上来就揍了我的脸，掐住我的脖子，粗暴地把我的手臂扭转到背后，压住我的身体，再一次把我身上弄得到处都是淤青。

但奇怪的是，我并不惧怕他。我小心提防着他，但我并不害怕。

我不知道他是怎么做到一路前行的，因为我们什么也看不见。这两公里路就像一片泡沫的海洋，按照我现在的状况，我估计早就溺水而亡了。

出发前我真不该喝那最后一杯杜松子酒。

脚踝慢慢肿起来，我能感觉到。我费力地弯下腰去摸了摸，意外地发现自己浑身酸痛。脚踝的皮肤微微发烫，摸起来的感觉和平时不太一样。帕特里克仿佛被焊在了方向盘上，也许是因为钻进驾驶室的风太冷了，他蜷缩着坐在驾驶座上，脑袋缩在肩膀当中，但我需要呼吸新鲜空气。我忘记拉住裙子了。

忽然之间,我们到了。虽然我看不到房子,但应该没错,帕特里克看起来十分相信自己的判断。他下车去确认了一下,然后走回来,对我晃了一下头,表示确定没错。

但是他站在那里没动,我只得又和他解释了一遍我自己一个人没办法下车,而且现在我冷极了,他才走上前来帮我离开座位。我伸出一条手臂勾住他的脖子,使得他更加局促不安。我们肌肤相触时,我感到一夜之间不安的情绪在我的救命恩人身上滋生蔓延,并令他备受折磨。对于自己拥有这种小小的影响力,让他产生这种反应,我感到很高兴。

他抱住我。我没有提出要求,但也没有放开他的脖子,显然如同期待的一样,他把我抱了起来,抱着我穿过花园,走到我家门口,可是我仍然没有表露出任何要自己下地走路的意思。

我在大衣口袋里翻找钥匙,顺口问他我是不是很重,但他没有回答。

我打开门,关掉警报器,示意他把我抱到二楼去。"您知道怎么走。"我说道。

我想他一定十分震惊,一定被搞糊涂了,如果此时我要求他离开之前帮我清理地窖或整理阁楼,他应该也不会拒绝。

他把我放在床上。我也毫不介意他还站在旁边,立刻脱掉连袜裤,扔在地上。连袜裤正巧落在他脚边。我把脚抬起来,仔细观察脚踝。脚踝看起来不太妙,又红又肿,泛着亮光,疼得不行。我龇牙咧嘴地抬起了头,发现我光滑的小腿、雪白的大腿和暗色的蕾丝构成的迷人景象让他呆住了,心里暗暗感到几分高兴与得意——在健身房健身时,我可以在光天化日之下骄傲地展示身体,但并没有打算将它交给熟人审视。

我把腿向他伸去,让他帮我检查一下脚踝,继而露出更多私密部位。我等着他告诉我他的感觉或随便什么。一旦事态往不利的方向发展,一旦我搞错了,我就会拿出防身喷雾对他猛喷,要知道那个小罐子就在我的枕头下面。我的腿一直抬着,都快抽筋了。他突然向后退去。尽管他依然目不转睛地注视着他觊觎已久的身体,但这一次,他又放弃了,垂下了头。我依然保持着那略带情色意味的姿势,如此露骨的诱惑似乎对他没有产生任何影响。他猛然跨出门,迅速向楼梯冲了过去。

马蒂跳上床,挨着我蹭了蹭。我轻轻摸了摸它。

我用肉色绑带把脚踝固定了一下,然后扶着栏杆,一级一级跳下楼,把大门锁上。我没有敷脚踝的冰包,只能用一包冰冻小豌豆替代。雾已经散了,天空清朗。我打电话给汽修公司,让他们去拖走我的车,然后吃了两片止疼片。一月一日到了。我接到监狱的电话,父亲在新年前夜上吊自杀了。我坐了下来。此时此刻，我似乎更应该迷失在纷杂的思绪中，但事实上，我无法思考，什么也感觉不到。我坐在那儿，双臂支在餐桌上，一只手扶着前额，整个人仿佛被掏空了。手机在另一只手里振动起来，是个记者，他问我是否就是那个在八十年代初残杀了某个米奇俱乐部所有小孩的男人的女儿。我没有回答，挂掉电话。

十六岁的时候，我梦想成为记者，但就在那年，父亲溅了我们一身血。假设那时我有机会继续读书，我会成为哪一类记者呢？我站起身，把手机扔在桌上，任凭它振动。

我感到解脱，这让我感到十分羞愧。我多希望自己至少心里感到痛苦、忧伤、遗憾，以此弥补这种羞愧，然而我内心毫无波澜。

我更担心那段历史再次浮出水面，担心污泥从深处翻涌而出。我思索着，他是要用这种方式复仇，用这种方式惩罚我吗？就像他对伊雷娜抱怨的那样，三十年来，我从来没有去监狱看过他一次，没有给他陪伴与支持，所以他用最后一口气、神志清醒的最后几秒，以这种方式斥责我。

我实在是什么都不记得了。我只记得那些照片上的他，特别是那几个月里报纸争先恐后翻印的那几张照片，可我想不起活生生的他是什么模样，也不记得他的声音和气息，没有了这些，那些图像也失去了意义，无法触动我。我已经把他遗忘了。这是把空椅了。这些年，伊雷娜无视他给我们带来的痛苦，小心翼翼地维系着这微弱的情感，比如回忆有利于维护他形象的轶事——你父亲以前经常做什么，或者你父亲以前经常去那里，还有你父亲常说这个那个，但这都是白费力气，徒劳无功。我随她说，不去回嘴，可她说的那些话我一个字都没听进去。

我知道伊雷娜保留了一盒子照片，但是那盒照片不在阁楼上，我不想要。我猜她把照片收好了，放在她的公寓里。里面好像都是他的照片，时间跨度从童年开始直至他进监狱。伊雷娜把它们藏了起来，没让媒体发现。几十张"阿基坦的魔鬼"人生各个阶段的照片，肯定有人愿意高价购买，如果它们不是被安全地存放在保险箱里，估计早就被偷走了。好几个月，我和母亲都居无定所，经常在各家家庭旅馆和酒店之间搬来搬去。

还不算晚，太阳还没爬到最高点。冰冻小豌豆让脚踝看起来好一点了。我用绷带把脚踝紧紧缠住，然后找出拐棍。我一边等待我叫的出租车，一边在客厅里练习走了几步。天气晴朗，花园被晶莹的白雪覆盖着。

我把母亲公寓的地址给了司机。半路上，我们看到汽修公司正在用卷扬机把我的车从路沟拉出来。

我进了屋，向书房走去——伊雷娜把这里改造成了衣帽间。我拉开几个抽屉一一查看。拉尔夫闻声而来，他顶着一头乱蓬蓬的头发，只穿着衬裤和T恤。他摇着头，带着生气的神情说:"这可不行,听着,米歇尔,这可不行。"

我转身面对他。"早上好,拉尔夫,什么不行?有什么不可以?"

"就是现在这样,就这样来了,这样不按门铃就进来了。"

"我有钥匙,拉尔夫,这个你知道。我不需要按门铃。您不用管我,我只是路过进来一下。"

"米歇尔,就算只是路过也一样。"

"相反,完全不一样。别找麻烦。"

"不行,对不起,不行。"

我轻轻按了按太阳穴。"够了,拉尔夫,我是过来取重要的文件的。我可等不到您整理完行李再来。您别再找事儿了,好吗?"

他又手舞足蹈地摇起了头,表示他无法认同,此时一个全裸的褐发女人在他背后出现了,她大概只有伊雷娜一半岁数,下巴朝我抬了抬,充满疑问的眼睛望向拉尔夫。我一言不发,假装什么都没看到。

我终于找到一个鞋盒,里面装满了照片,我扫了一眼然后立刻又盖好,仿佛它充斥着来自地狱的恶臭。我重新坐上那辆在冰冷阳光下等我的出租车。

天色渐晚。我没有脱外套,直接去车库找出铲子,走到房子后面。

天气还不是太冷，土地没有冻硬。接着我去找了瓶助燃用的酒精。我把盒子翻了过来，照片纷纷落入刚挖好的土坑里。我把酒精倒在照片上，点着了火。

我没有伸手去烤火取暖，但脸上感到热乎乎的。我闭上眼睛，听到细微的火焰燃烧的声音。我一直站在那儿，站在那儿看着，确保一切化为灰烬。夜晚的寒气冻得我打了个哆嗦。我重新用土把坑填平，再用铲子拍了拍，把土压实，一只乌鸦从天空飞过，发出凄惨的叫声。

伊雷娜应该会感到难过吧。在黄昏暗淡的光线中，在弥漫着纸张燃烧气味的空气中，我背倚在墙上，又在屋外待了一会儿。她常常去看望他，和他保持联系，维系着他们之间的羁绊，这经常引起我和她之间的争吵——尤其是最初那几年，但即便如此，也从没能让她取消一次监狱探访。天知道，想起他给我们生活造成的麻烦——赔偿、被人辱骂、东躲西藏，她也毫不隐藏对他的怨恨，可她一次又一次地去探望他，让我更加愤怒。我不理解她，她也说不清楚，含糊其词。要是她知道我把照片都烧了，一定不会原谅我。尽管显得有些荒谬，我仿佛听到她指责我再一次杀死了那个男人。

我又想起了她最后的心愿，那个她去世前仍希望我去完成的心愿，那个请求说明了她对他的依恋程度，尽管每次探访之间的日子她都过着放纵的生活。她去探访他时，常常用大方巾裹在头上，下身穿过膝半身裙。我怨恨她以为脑溢血就能感化我，让我走上宽恕的那条路，原来她是这么看我的？

罗伯特给我发了条短信。我给他回电话。"喂，罗伯特吗？我正要给你打电话。明天的事，我们不能推迟吗？我走不了路……"

"你走不了路也没事。"他答道，"我们又不是去散步。"

面对这无情的评判，我沉默了。

我兴趣索然地赴约。他已经躺在床上了。他比我们前一次亲密接触时似乎又多了一些白色的胸毛，这个细节上次就让我感到震惊并且有些幻灭。"不管怎样，别搞得太复杂，罗伯特。你看，就像我跟你说的一样，我既不能跳舞也不能跳高。而且我和安娜今天很忙，你知道，假期结束了。"

我把拐杖放在一边，开始脱衣服。"罗伯特，当我想到你为了睡我采取的方式，我就有点惊慌。不过以后别再来抱怨。我对你的尊重已经没剩多少了，别再来抱怨了，你要明白。"

他凑过来吻我的嘴唇，我没有避开，但我像个木头人一样一动不动。屋外天色已暗，房间里没有开灯，只有马路上的光亮透进来。我一直知道自己迟早有一天会后悔委身于他的。这一天来了，我暗想。我挂念起带回家的那些工作，本来此时我应该伏案工作，而不是干这档子事儿，浪费了晚上的时间，还没时间吃饭。

"放松。"他对我说。

"我又不是机器。罗伯特,我身上可没有按钮,按一按就能控制。"

他掌控了我的身体。过了一会儿,我在心里问自己为什么要自寻烦恼呢,罗伯特就在这里,他了解我的身体,看起来精神正常。但我没有找到答案。

我享受着他给我带来的愉悦,同时努力不把这种享受表现出来,因为我没有忘记我们的处境。这并不容易。是我教会他这一切,他是个好学生。因为无法咬住嘴唇,我只能咬紧牙关。

结束之后,我们让人送了两杯酒进房间。我爬起来,一瘸一拐地向浴室走去,用洋甘菊沐浴露把全身仔仔细细清洗了一遍。我不喜欢自己身上留有别人的气味。

他也进了浴室,重新梳理头发。他没有穿衣服,对着镜子审视自己的身体。

"你真是棒极了。"他对我说。这一刻,我以为他在开玩笑,因为他伏在我身上卖力表现时,我动都没动一下,但他说话的样子非常认真。"今天你让我感觉非常特别。"他继续说道,"你怎么想到装死的?"

我盯着他看了一会儿,不知道怎么回答。"算了,不管怎么说,"我对他说,"就像你看到的,我只有一句话,你得到了你想要的,很好,让我们重新做朋友吧。"

"当然。完全同意。"

我又打量了他一会儿,感觉有必要说清楚:重新做朋友并不是说一起睡觉。

没有显示来电号码的电话,我都不接,以免接到记者、监狱系统或者与父亲过世多少有点关系的电话。我决定从另一种意义上装死,对他的葬礼事务不闻不问。一切结束后,我会支付账单,就算尽到义务了。

里夏尔支持我。我不需要向他解释我为什么这么做,他很清楚,他知晓相识之初的我是什么状态——父亲屠杀那些孩子,将伊雷娜和我置于何种处境。如果没有遇见里夏尔,如果没有他无微不至的关心,我可能早就疯了。回归社会、重新学习生活的最初几年,我忧郁、苍白、草木皆兵,他照看着我,让我怀上了孩子,过上一种脚踏实地的生活,让我感到平静。尽管如此,我不确定文森特的出生是否在某种意义上安抚了我,我没什么感觉。

"太令人惊讶了,伊雷娜在圣诞夜去世。"他说,"你父亲则是在跨年夜过世。"

"是的,我也注意到了。"我答道。

出于对我近期不幸遭遇的同情,他把我拥入怀中。我挣脱了出来,以免他的眼泪滴落在我脖子上。"我们说好不能和别人结婚!"我向他发难道,"这样一来会把一切都搞砸的,你知道吗……"

他低下头去。无法信守承诺让他很难过。我很高兴能让他有负罪感。

我最近经常看到他,部分原因是年底的这些节日聚会,也因为我时不时会遇见埃莱娜,我非常清楚他被爱情的洪流裹挟着,沉溺其中无法自拔。毕竟我和他共同生活了二十年,我知道他在我身边寻求什么,我知道他近来既兴奋又焦虑。我观察着他如何与她相处,他的眼神出卖了他,她让他感到痛苦又渴望,这都在他的眼神中表露无遗。但我无能为力。我无法与支配着我们生活的那种可怕又可笑的荒诞抗争。

我们的儿子文森特就是一个很好的例子,他充分证明了人生的不确定性。他在某次会议上与麦当劳店长打了一架,丢了工作,导致他无法支付我为他们做担保的那套公寓的房租。

天气晴冷,路上交通顺畅,有些车子的车顶上还覆盖着雪。乔西一点儿也没瘦,也许她也没胖,但是这套公寓面积不大,天花板又低,所以她的身躯看起来特别庞大。里夏尔非常肯定地告诉我她有九十一公斤——他一直比我消息灵通,鉴于他自己收入微薄,无法介入财务问题,只能作为旁观者陪我一起来。

乔西做了一些司康,一共十二个。我们落座之后,她自己先拿起一块,然后一口吞进嘴里。文森特把爱德华宝贝抱了出来,我亲了亲他,又夸了几句,与此同时,乔西以同样的方式消灭了第二块司康,简直像在施展魔法一般。

"我没办法做到逆来顺受。"他对我说,"我没想到房租。但是在那种情况下,你没办法,难道任凭那个傻瓜来践踏我的生活,你想我这么做吗?"

"你母亲没这么说,文森特。"里夏尔插嘴道。

"他知道我没这么说。"

"你没说,但你脑子里就是这么想的。我应该闭上嘴。"

"你的自尊心呢,宝贝?"乔西问道,若有所思地盯着那些司康,"你的自尊心去哪儿了?"

里夏尔用手遮住嘴,清了清嗓子,想要岔开话题。我没搭理他,继续说道:"乔西,当一个男人有老婆和孩子得养,自尊心就是件奢侈品。我本来以为文森特接受这份工作的时候,就已经明白了这个道理。我以为之前我和他已经聊得足够多了。"

"对不起,"他说,"是你一直在对我反复灌输,你忘了?你从来不让我做自己想做的事,也不会维护我的观点。你记得吗?这一点微小的火光不该熄灭。"

"文森特,我从来没禁止你自己思考。不仅如此,我一直对你说'三思而后行'。"

"他们说我是肮脏的小犹太佬,我没办法忍受,我没办法无动于衷。"

"听好了，首先你不是犹太人。我们也没有要求你拯救全世界。社会上有几百万人失业。欧洲就有三千万，这可不是小数目。"

"文森特，你母亲是担心你。"

"我也担心我自己。"我说道。

我本不该害怕，但事实上我害怕，现在这种风雨飘摇、变化无常的环境让我担心，让我想起了母亲和我曾经经历的那些灰暗年代。那时，父亲因他所犯下的罪行被判入狱，我们不知道明天会怎样，是否会有住所为我们遮风挡雨，是否会有床让我们安眠，甚至不知道有没有饭吃。我不确定自己能够再次熬过那样的考验。我真的不希望那种艰苦的日子再来一次。

"好的，文森特。"我说道，"很好。你尽力就好。我们走一步看一步。让我们一起祈祷。"

里夏尔似乎挺满意，用手亲切地揉了揉我的肩。最近，他多愁善感得厉害。我父母过世，显然又激起了他对我的保护欲。

"相信我，该死。"文森特说道，"找到更好的工作并不难。"

我看了看他，什么都没说，以免打消他的积极性，我喜欢他这种单纯幼稚的样子。有时我也想变得这么天真，相信自己依然充满力量,没什么困难是不可克服的,一切皆有可能。

乔西把盘子向我们推过来,里面只剩两块司康了,里夏尔、文森特和我都没碰过。她问我是否可以拥抱我一下。我接受了,尽管她嘴唇上还沾着一块点心的碎屑。

额外承担一份房租,对我的钱包来说肯定不是什么好消息,但我平静地直面即将到来的困难,听他们赞美我慷慨、大度、善良等等。我趁机向他们打听爱德华宝贝的生父——就是还在监狱里的那位——有没有消息。正好大家现在心情都不错,我才敢谈起这个话题,其他情况下,我还真不知道怎么把这个话题放到台面上来。

一时间,他们全都表现得不知所措。里夏尔又用手捂着嘴,清了清嗓子。"你们打算怎么办?"我用一种轻松的语气问道,"我觉得孩子总不能有两个父亲。"

自然,我对孩子生父的命运或者是什么原因导致他走到现在的境地毫不感兴趣,我只想知道他们对未来的规划,然而就像我担心的那样,他们什么规划也没有。

我坐不住了。与其对他们发火,还是离开比较好,毕竟那些让人后悔的话一旦说出口就无法改变。安娜一点儿也没觉得惊讶,在乔西决定再也不踏进她家门之前,她已经得出这个结论,即便乔西没能让文森特照着她的样子做,她也成功地说服他减少和安娜碰面的次数。这些背后的小动作让安娜恨死她了，后果极其严重。

降雪从早晨开始一直持续着，温度也跟着下降。冰冷的风呼呼地刮着。天气预报说晚上会下大雪，挂起了橙色预警。我早早回到家。远远地，我看着帕特里克把木柴搬进屋子。他家的烟囱里冒出一股白烟，在空气中盘旋飘散。我的目光越过一杯热气腾腾的茶，落在他身上，跟随着搬运柴火的他来来回回。我心想，他运气不错，秘密保住了。我没有告诉任何人。我本可以把他送进监狱或疯人院，但我没这么做。他幸好碰上了我，不然的话他得跪着亲吻我的脚。

周围的树林白茫茫一片。我望向天空，起风了，黄褐色的云被风吹散。夜晚降临。我给他打电话，让他过来帮我关百叶窗。电话那端没有回话，我问道："您耳朵聋了吗？"

我尽力去观察隐藏在他身上的另一个帕特里克，但几乎白费力气。我都要开始质疑自己那天是不是做梦了。

"您的脚踝怎么样了？"他一边问，一边像上次那样向最近的一扇窗快步走过去。此刻风还不大。

"我的脚踝还好。"我答道，"谢谢。手呢？"

他笑着耸了耸肩，一副听天由命的样子。"不严重。"为了让我相信，他像木偶一样晃了一下手。

我跟着他一起在房子里走来走去，把窗户挨个儿关紧。从头到尾，他一点儿也没表现出想要接近我的样子，神情依旧开朗乐观。从头到尾，我的眼睛一直盯着他，但没能在他身上找到那一个帕特里克，那个帕特里克仿佛只是一道转瞬即逝的光，消失得无影无踪，一点痕迹都没留下。

魔鬼是二十四小时占据着身躯，还是偶尔短暂地出现？父亲的案件发生之后，这个疑问就时常出现在我脑海中。有时，我的答案倾向于前者，有时又倾向于后者，每一次我都确信自己找到了正确答案。

他跑回自己家去取从马莱区买回来的茄子泥。他独自在家，丽贝卡出发去孔波斯特拉朝圣了。我觉得有必要和他聊聊最近的事儿。我看着他从家里跑出来，迎面碰上开始变强的暴风。还没下雪，天空中云越来越多。月亮周围围绕着一圈珠光似的光晕。趁着这当口，我调制了两杯黑俄罗斯[①]。他大步跑了过来，仿佛是狂风中的一根秸秆，被吹得东倒西歪，跟跟跄跄，但还是坚持朝着我家的方向前进。我打开门，他气喘吁吁地走了进来。

我被自己的行为惊呆了。他似乎也搞不清现在的情况。他站在门口，愣住了，脸上挂着微笑——那种带着些许忧伤的微笑，似乎在问有什么不对劲。他仿佛在等我告诉他接下来该怎么做。我仍然没有反应过来。我开始审视自己：是不是有另一个米歇尔隐藏在我身上？

"让我们看看这茄子泥。"说完，我转过身去。

[①] 鸡尾酒，以伏特加为基酒。

我显然不可能和他一起共进晚餐，我们不可能像老朋友一样坐在同一张桌子旁边，不可能假装什么都没发生过，但不可忽视的事实是我主动给他打了电话，是我叫他来的。说真的，这一切令人难以置信，我想掐自己几下。

我把杯子递给他。他给了我一块吐司。"好极了！"我说道。壁炉里传来呼呼的风声。我还记得从前有段时间，为了熬过备考复习，我们常常服用安非他明，此时此刻，毫不夸张地说，我感觉就像服用了安非他明一样，有一股电流从脚底蹿到头顶，脸上仿佛蒙上了一层蛛丝，手心微湿，嘴倒是很干，一时间思绪纷杂。

"那么，那时是什么样的感觉？"我问道。

我都不确定这是自己发出的声音。他蹲在矮桌前，忙着处理那些吐司。剩下最后一片时，他抬头看了我一眼，又低下头去，摇着头咯咯笑了两声，仿佛刚刚听到了一个很好笑的笑话。

做完这一系列奇怪的动作之后，他又抬头看我，一瞬间，我感觉另一个帕特里克一闪而过，他古怪的表情让我心里有些发毛。我正准备去拿拨火棍防身，他已经消失了，平时的那个帕特里克又回来了。似乎被我的问题触动了，他蹲在那儿，看到桌上的酒杯，端了起来，几口就把酒喝完了。

"感觉好吗？是什么样的？"我追问道，脸上努力挤出几分微笑——确切地说更像是苦笑，"告诉我。"

如果地上有条缝可以钻下去，他一定会这么做的。

"怎么样？你喜欢吗？"我不得已又问道，声音喑哑。

他再次抬头看着我，眼神中带着一点疯狂，但十分诱人，只要他愿意，他的眼神就能变成一种毒药。

屋外狂风一阵紧接着一阵，在屋里都能感觉到风撞在墙上，力道十足。"我必须那么做。"他终于回答道。

我没有做出回应。这句话深深地印在我脑海中。

我点了支烟。他的回答，让我不知所措，也十分愤怒。我环顾屋内，所有窗户都已经关得严严实实。我在心里狠狠骂了自己几句——脑子不清楚、狂妄自大、愚蠢透顶。但我不怕他。我转身往壁炉里加了块木柴。我不害怕。加完柴火，我便要求他离开。

"立刻出去！"我催促道。他又一次愣住了，脸上挂着微笑。发愣和微笑，似乎这就是他的风格。我举起防身喷雾对着他的脸，警告他我不会说第二遍。

他明白了我的意思。肯定是我使用了合适的语气，还有决绝的表情——嘴唇上的唾沫星子。我一路跟着他直到门口，不断地在他眼前挥舞着防身喷雾。其实我内心非常紧张，身体微微发抖，显然我的烦躁也让他有些担心，可能怕我失控做出莽撞的举动。尽管我有使用这种器材的经验，但也曾不小心按下喷头，然后就悲剧了，差点失明。

他打开门，我们都站住了。花园中狂风肆虐，一片黑暗，只能听到呼啸的风声。他又露出古怪的表情，似乎想寻求我的原谅。天知道在这样的风暴中人能不能站得稳。

"出去！"我不假思索地对他说。

我觉得非常失望，不仅由于我对这件事的应对方式，还因为我心中的羞耻感日渐模糊，似乎在一点一点消失。我不得不和自己斗争，问自己是谁，这让我感到厌烦。我无法接近隐匿在自己身上的那个人，她隐藏得如此之深，就像一首被人遗忘、令人心碎的歌谣，连我自己都只是若有似无地瞥见她的影子，使得这一切变得不那么容易。

几天之后，安娜提议雇用文森特。当然，这能解决他的收入问题，但我对他不太有信心。我也曾动过这个念头，但立刻放弃了，因为我觉得文森特不适合办公室里的工作。他曾经提出帮我打理事务，后来恼火地挂了我的电话。他父亲和另一个女人同居之后，我和他之间的关系有所缓和，但我还是不确定这可行。

安娜消除了我的犹豫。

"不管怎么样，"我说道，"我不是那个最难说服的人。"

乔西会暴跳如雷的，我完全可以想象出那个画面。安娜回答说她十分乐于看到那样的场景。

另一边，文森特告诉乔西这只是临时工作，以此尽力让她恢复理智，毕竟古老的欧洲大陆各个角落都笼罩在不稳定的气氛中。

我不知道。我不想正面应对任何人。我仍然保持谨慎。现在事情的发展有利于文森特，我当然感到高兴，尽管如此，我还是害怕和他建立工作关系，他父亲和我之间那令人失望的体验，让我们的关系变得更糟糕。

"他不会老跟着你的。"安娜努力打消我的顾虑，"我来照看他。我会给他找间办公室待着。"

我想她大概真的打算把乔西踢出局，我感觉到这种令人愉快的执念、这种与人角力的阴暗欲望让她兴奋不已。随着岁月流逝，她变得越来越冷酷，越来越好斗，越来越喜欢与人争执，这甚至成为她最重要的性格特征。我饶有兴趣地观察她，看她如何哄骗文森特，如何布网。我发现未来战场逐渐安排就绪。我很庆幸自己没有掺和在内。他们要是抱怨我对此漠不关心，就让他们抱怨去吧。

前几天的暴风雪吹倒了几棵树，折断了不少树枝。清早，一辆装满木柴的卡车停在我家门前，两个男人把车上的木柴搬下来，堆放在屋后。帕特里克跟我说不用感谢他，本来就不该让这些木头烂掉云云。他站在门口，沐浴在清晨的阳光中，眯着眼睛对我微笑。这是上天的礼物，他补充道。

每次不愉快的会面之后，为了维护我们的关系，似乎所有由头都可以用上。我不确定地想，有些事情也许有最糟糕的开始，却能得到圆满的结果。"我想请你吃晚饭。"他突然对我发出邀请，眼睛却盯着我的门铃按钮。

"不。"我答道,"不可能。"

他显然受到了打击,偷偷看了我一眼,又说:"我是说去外面吃,不是去我家。"

"你真幽默。"我说道,"非常幽默。"

接连三天,我都没再见到他。他家的烟囱从早到晚都往外冒着烟,屋里亮着灯,但我没看到有人在里面走动。除了关心帕特里克的日程安排,我当然有别的事要做,但正巧我在家办公。文森特刚到艾维制片入职,我不想去操心那些琐事——挑选座位,介绍同事,教他用复印机、咖啡机等等,这些事情只会使我恼火。

书房里,我的桌子摆放在窗前,帕特里克的屋子坐落在对面斜坡上,正对着我的座位。视野最好的地方实际是阁楼,但是这扇窗足够了,我在这里是为了工作,不是为了别的事。尽管如此,对面一有动静——有人离开、回来、汽车经过、关门声,都会引起我的注意,都会让我抬起头向外张望。然而三天了,除了夜晚的灯光和烟囱口的缕缕白烟,窗外的景象仿佛凝固了一般,像是一幅静止无声的冬日装饰画,了无生气。

第四天早晨,晨跑(几乎可以说是龟速跑)回来的时候,我绕了一下,一边调整呼吸,一边靠近他的房子。我的手叉在腰上,身体滚烫却又感到冰冷。

夜里又下过雪了,抹掉了所有痕迹和脚印。天空已经放晴，周围一片寂静，偶尔传来几声鸟鸣。

窗帘拉得严严实实，一点都看不到屋里的情形。我按了按门铃，转身眯着眼睛向另一侧我自己的房子望去。我又按了一下门铃，没有人应答。我绕着他的房子走了一圈，看到汽车停在车库里。

我小心地从厨房进入房子，一边往里走，一边大声问："有人吗？有人吗？"雪从我的鞋底落下，掉在地板上，化成一摊一摊的水渍排列在一起，反着光，特别显眼。他喝得醉醺醺的，倒在客厅里。

我拉开窗帘，发现地上全是酒瓶。

晚上，他按响了我家的门铃。他先是因为让我看到那样可悲的场景而道歉，然后感谢我把他拖到淋浴房，用冰冷的水把他浇了个透心凉——这是他该得的，感谢我为他煮了浓缩咖啡。我没有留在他家看他怎么捯饬自己的，但至少现在他换上了干净的衣服，刮了胡子，头发也梳理过了，要不是他脸色苍白，眼袋明显地浮现出淡青色，他完全可以回到银行柜台去工作，想必顾客们会毫不犹豫地把自己的积蓄交给这样一个衣着得体、和蔼可亲的小伙儿打理的。

"我感觉你还没弄明白。"我说，"但这是我的错，我只能怪我自己。你明白，这不容易。这段时间对我来说非常艰难，我有点混乱。你得考虑到这一点。帕特里克，如果我没有把话说明白的话，非常抱歉，但你得理解，有时候我们为了让自己好受一点，什么事情都做得出来。"

我还来不及做什么，他已经一脚踏了进来，他的嘴唇贴在我的嘴唇上，把我往屋里推，用脚关上了门，一眨眼我们就滚落在地板上——就在他第一次强奸我的地方。我们呻吟着，低吼着，像两只疯狗一样打斗起来。

我用拳头打他，试图去咬他。他撩起我的裙摆，扯掉我的连袜裤，控制住我的下半身。正当他准备进行下一步动作的时候，突然，仿佛薄纱被撕碎，一条光明之路出现在我眼前，我立刻停止挣扎，顺从地躺在那里，一动不动。

他压在我身上。他犹豫了，身体变得僵直。他呻吟了一下，然后像刚出炉的舒芙蕾一样塌了下去。

接着，他突然一跃而起，向门外跑去，留下敞开的门。我爬起来，去把门关上。马蒂又一次目睹了这一切，惊讶地看着我走过去。"解释起来有点复杂。"我对它说。它紧紧地跟在我后面。

紧接着几天，我没时间回顾这一系列事件，因为工作有点忙，天一亮我就出门，天黑才回到家，没有兴趣也没有精力去管什么意外事件。出门前，我瞥了一眼他的屋子，百叶窗关着，烟囱还在冒烟，一切都十分安静。回来的时候，我又看了一眼，屋子里亮着灯，他的花园被雪覆盖了，积雪闪闪发光，仅此而已。我把车子开进车库，熄了火，拿起钥匙，就把这一切抛到脑后。

生活中，还是工作最简单，尽管有开不完的会议、打不完的电话、读不完的剧本等等，我已经完全适应了这些事务所带来的疲劳，一天工作结束之后，我还有力气回到家里，给自己做一份三明治，待在房间里，脱掉衣服，放一缸洗澡水，抽点大麻放松一下，听音乐，玩一会儿甘油皂。只有我的老猫陪着我。

起初，马蒂是给文森特养的，他吵了好几个月要养条狗，里夏尔不想听他继续吵闹，以为养只猫可以解决问题，但文森特连抱都不肯抱一下。最后，这只小猫只能住在我家。

我很高兴有它陪着我。就算我遇到侵犯时它救不了我又如何，有它在，我就不会觉得家里空荡荡的，我还可以和它说说话，而且家里不会有老鼠。

显然，文森特的到来让我们的工作节奏变慢了，因为他常常跟在我们后面，不是找笔，就是找订书机，或者隔着窗玻璃打着手势，打断我们的工作，问存档的事儿——我们还不清楚该把哪些活儿交给他，就让他先负责存档工作。我本来想指出现在不是培养新人的好时机，有些项目时间很紧张，需要赶进度，但是安娜急于实施她的策略，根本不会听我的，因此每天都漫长而忙碌，我不想给自己的日程表再添加别的事儿了。

很快，文森特和乔西的关系恶化了，她催促他立刻放弃安娜如及时雨一般给他提供的这个职位。

"她不知道不定期劳动合同意味着什么？"鉴于我卑微的中立态度，我假装非常生气，以免他们以为乔西和我串通一气。安娜暗自发笑，文森特啃着手指。我没敢提起他当时的愚蠢行为，不顾我们警告，急不可耐地投入那个女人的怀抱。

里夏尔和埃莱娜调了会儿情，下楼来了。他打听他儿子的决定："怎么样，伙计，你打算怎么办？"

一阵可怕的沉默。最后，文森特抬起头看着安娜，说他决定留下来。安娜非常高兴。这是种发自内心的喜悦，有时候文森特在她家会让她如此高兴，她第一次表现得这么高兴是她抱着他去施洗的时候。我用手肘悄悄推了一下里夏尔，让他注意看安娜高兴的样子。

她要请我们吃午饭。我说这不太合适，我们没时间，但他们三个人——一会儿就变成了四个人，因为安娜让里夏尔去叫上他未婚妻——一起表示反对。

"哦，"我说，"你已经这么称呼她了吗？他们订婚了？"

她耸了耸肩，答道："他们是一对儿，不是吗？"

"妈妈，别说了。"文森特叹了口气，"你很了解他。"

我点了支烟。他们过来的时候，我的眼睛望着别处。

不过，我们突然想起如果乔西发怒，文森特能够抵抗住吗？但他似乎已经下定决心，而且如果没办法跟她讲通道理的话，他打算去酒店住一晚。我偷偷观察着里夏尔和埃莱娜。以前我和这个男人是一对呢，现在他和另一个女人成了一对。我们正好吃了一半，我已经吃饱了，点了一杯金汤力。

服务员把酒送来的时候，他们都转过头来，瞪着眼睛看着我。

我支付了父亲的丧葬费用。几篇文章报道了他去世的消息，又提起了那次屠杀事件，除了读者按照常规在评论区发表一连串咒骂之外，没有任何东西是冲着我来的，没有信件、没有电话、没有任何形式的联系，倒是拉尔夫的表现弥补了这种遗忘。

"世界上少了一个疯子。"他对我说，"请恕我冒昧。"

我正在整理伊雷娜的衣服，打算送到红十字会去。我停下了手上的动作，耐心地和他解释说但凡接受过一点教育的人都不会在死者的女儿面前辱骂他。说完，我继续干手上的活儿，不去搭理他。

"你别做出一副趾高气扬的样子了。"他说，"我一直看不惯你。"

"你喝酒了吗？"

"我一直看不惯你们这些傲慢的人。"

说完这句话，他又缩了回去。十二月，男人们容易喝得醉醺醺的，杀人，强奸，轧姘头，给别人的孩子做父亲，逃跑，呻吟，死去，但这个男人至少还懂得使用语言，于是我得知以前我们曾上过同一所学校，他还记得我父亲让全国上下陷入恐惧之中，而且那个时候，他就受不了我的做派。我已经记不起那些故人的模样，他说的也许是真的。

"去冲个澡吧，你有点臭了。"我说道。

他晃动了一下，恶狠狠地看了我一眼。"不管怎么说，世界上少了一个混蛋，我很高兴睡了他老婆。"

我什么都没说，穿上大衣，戴上手套。"快带着你的行李走人。"我说道。

几块薄冰漂在塞纳河上，顺流而下。我和安娜会合，一起去和两位重要的投资人共进晚餐，我们要努力说服他们，但他们很难对付，不过最后结果还是对我们有利。从饭店出来时已经很晚了，我有点累，文森特给我发了消息，告诉我他在他家门口。我等了一会儿，想看看安娜是不是也收到同样的消息。我给他回消息说我马上就到。

他遇到困难首先找我帮忙，这让我既惊讶又高兴。我去找他，他告诉我乔西找人把门锁换了，我做出一副愤怒的表情，说道："真是胡来！"

他既紧张又惊慌，我猜他大概没想到乔西会采取如此激进的反击方式，他不知道会造成什么后果。他没问我去哪里。我沿着河岸行驶。

"我知道外公去世了。"他说。

在这方面,伊雷娜打败了我。她利用了文森特的青春期,在那个可怕的年纪,一切可以让母亲生气、和母亲唱反调的行为都会立刻被孩子采纳。"别叫他外公。"我常常对他说,"你没有外公。这个男人跟你没有任何关系。"然后我会对伊雷娜说:"你什么时候能停止往他脑袋里灌输这些东西?告诉我,这对你有什么好处?"我们常常为了这件事激烈地吵架,我极为恼火,但我的立场也不是那么无懈可击,我没办法抹去血缘上的联系。

我疑惑地看了他一眼,这次他用"外公"这个词,似乎并没有嘲讽的意思,他平和的神情让我放下心来。

"是的,他去世了。"我说。

他点了点头,眼神迷茫。我们穿过塞夫勒桥。"该死,他是你父亲啊。"他说。

我们到家了,我不需要告诉他住哪间房,他自己知道。我给他找了一把牙刷。屋外,清冷的冬夜里,月亮散发着明亮的光。"明天我们七点出发。"我对他说。他表示知道了。他打了个哈欠,对我做了个手势。"谢谢你帮了我。"他说道。

"你不需要感谢我。我是你母亲,这是我存在的意义。"

"好吧,但还是谢谢你。"

他想找本书读一读。我递给他尤多拉·韦尔蒂的小说集。

"你觉得怎么样?"他问我。

"最伟大的女性作家之一。"

"不是的,我是想问,如果你是我,你会怎么做?"

我怎么能想到他会问我意见呢?我张口结舌,一边做出思考的样子,一边观察我房间门口走廊上装饰地毯的图案。

"我不知道。"我说道,"我不知道你有多爱她。不过站在你的位置上,我不会太快提出自己的要求,我会等一两天,不和她联系。观察一下,掌握节奏。别忘了,最有自控力的人才能取得胜利。你知道,虽然我不太了解她,但我觉得她看起来很认真,她是那种不会向别人屈服的人。"

"我从来没见过这样的人,这么坏的脾气。"

"你看,你应该预计到会遇到抵抗。不过这件事也并不完全是件坏事。你们俩都能想一想自己究竟想要什么,让你们的关系经历考验。文森特,不管发生什么,你们都不可能不去想这个问题。话说回来,爱德华的父亲应该就快出狱了吧?"

"他父亲是我。"

"好吧,我同意,但他呢,他会怎么想?"

"我不知道。他们已经分手了。"

"那么为什么要那么积极地把他捞出来?花那么多钱又为了什么?"

"是公平问题。那些警察就是想杀鸡吓猴。他妈的，真让人受不了。"

"是啊，没关系，这只是我希望你能好好思考的一个问题，这只是你将要遇到的各种问题中的一个。你得明白，思考之后再采取行动，没有人会责怪你。不管发生什么，你可以找我帮忙。我把你生出来可不是容易的事。"

他笑了笑。接着几天他都是这个状态，每天早晨和晚上他都会拥抱我。

我不后悔告诉他说可以找我帮忙，那是我的真心话，我会帮助他，直到我咽下最后一口气。可是他几乎一整天都待在我的办公室里，来来回回踱步，强忍不耐烦的心情又不敢让我知道，他站在我的窗前，挡住那些高楼大厦，挡住又下起雪的白茫茫的天空。他来来回回踱步，不时拿起手机看看，抽我的烟，我快要受不了了。安娜示意我耐心点。

中午他什么都没吃，晚上也没好到哪儿去。"第一天是最艰难的。"我说。

"是吗？你怎么知道？"

他拿了把铲子，外面漆黑一片，月光有气无力地洒下来，他开始卖力地铲掉屋前的积雪。

他回屋的时候，浑身是汗，但我发现他的压力释放了一人半。从前他父亲也会这么做，当我们吵架之后，冬天他去铲雪，其他季节，他会把落叶收集到一起烧掉，拔掉野草，或者修剪树木。之前，我不认为乔西有能力让他变成这样，让他如此迷恋，实际上我一直不太相信胖姑娘们对那些智力低下的人有多大的性魅力。我现在仍感到十分困惑。在这件事上，我反应慢了，不够敏锐，缺乏洞察力。奔五的我突然觉得有些不安。

稍后，我发现我又一次错了。我不是个好母亲，因为我打算用几杯白葡萄酒从他嘴里套出话来，不管怎么样，我从他短短的几句描述中似乎窥到了另一种真相，就像幅拼图终于拼完了，事实突然呈现在我眼前：他想要的并不是乔西，他想要她的儿子。吸引他的不是那个女人，而是那个孩子。

之前那些态度、那些疑问忽然变得明朗了，我竟然什么都没注意到，尽管我都看在眼睛里，听进耳朵里，但我只关注到小情侣之间永无休止的争吵，根本没想到其他可能性，我真是糊涂透顶。我坐在他身边，握着他的手，沉默不语。他喝醉了，把烦恼都抛到脑后。夜里，我失眠了，这是一个混乱的、令人头晕目眩的无尽夜晚。第二天一早，我们在小超市里遇见了帕特里克。准确地说，是文森特和帕特里克不知道在哪个货品区相遇了，他们像好朋友一样，亲切地交谈着，一起向我走了过来。

那个卑鄙的帕特里克不过来拥抱我吗？我身体紧绷，仿佛要去接受来自鼠疫患者的拥抱，但他看起来十分平静，嘴唇在我的双颊上碰了碰，同时他抓住我的上臂，用力握了一下。他松开我的手,我赶忙抓起离我最近的一件商品,以掩饰混乱、紧张和不安的心情。我把手里的五包装3号意大利面放进了手推车,继续采购,不再去注意他。

不幸的是,这个早晨,他看起来风度翩翩,尽管我不吝以最大的恶意面对他,但看到他,我还是觉得开心。我得避开他的眼神,才能保持头脑冷静。为什么会这么复杂?经历了最近这几个月糟心的日子,我只想要快乐、平静和休息,为什么我会碰到一个性变态患者?

我们去了他家,一起喝酒,说笑,我们临时起意一起吃饭。我觉得自己产生了幻觉。我不知道我们怎么会到这里来,我怎么能接受再次走进这座房子,对我来说,这完全是个谜。当然,文森特起到了推动作用,他觉得帕特里克很热情,迫不及待地想要参观帕特里克在收银时提到的他收藏的五千张黑胶唱片。我们离开超市,走到蓝天下。不过文森特并不是导致我改变态度的最主要的原因。另一个我出现了——那个被混乱、骚动、未知世界吸引的我占据了试图抵抗的身体。我不知道。我没办法把脑子打开看看里面究竟有些什么。无论如何,我来到这里,尽管我被自己的胆大妄为惊呆了,我还是开始摆放餐具,两位男士在灶台前忙碌,讨论开一瓶新酒。

文森特前一天已经喝过酒了,但他说他现在处境艰难,需要改变一下心情,找点乐子,他自斟自饮起来,以此消除我的担忧。我看着他喝酒,觉得他的心并不在这儿。

有丽贝卡的最新消息,前一天她已经到达了阿斯图里亚斯的希洪附近。我听着帕特里克兴致勃勃地给我描述他妻子的朝圣之旅。文森特无视我的劝告,已经醉倒在我身边,只剩下我独自面对这座房子的主人。帕特里克似乎并没有其他打算,只是在这样美好的一天出现在我们面前,且不说别的,他确实成功了,而且出人意料的轻而易举。我知道这可能由于我,由于我的欲望,他似乎刚刚从中逃脱,在这场游戏中,任何一位狱卒都可以表现得和蔼可亲,但就是这么回事儿。

屋里很暖,我解开了毛衣扣子,向他打听用什么设备制暖。

"烧木柴的锅炉。"他说道,"反烧式暖气炉。"

"哦,真的?您说反烧式,呵呵。"

这方面我一点儿都不了解,但我还是点点头,假装自己是个内行似的。客厅里的装潢很符合年轻高管的风格,经典设计复刻,有一点复古,很快就让人厌倦了,不过午后的阳光射进来,感觉一切都好了。半睡半醒之间,文森特在沙发上动了一下。不管怎样,他在这里,使得情况完全变了。帕特里克让我尝了一些陈年白兰地,这酒正在卸下我最后的防备,让我感到更加放松。

"听说,"我说道,"通过天花板供暖效果不错。"

他的供暖设备安装在洗衣房里。我想，那些仪器——流量计、电线、各种颜色的导管、弯头、套管、接头、管道、阀门、螺栓、螺帽，也许值得走过去看看。他给我介绍了一遍，然后又把热水器指给我看。好极了，这个热水器也很大。热水器边上，那个著名的锅炉正在平静地工作，发出呼呼的声响。我正打算问问他烧燃料油的锅炉怎么样，他突然抓住了我的手腕。我挣扎起来。我直直地盯着他看。"不，这里不行，现在不行！"我低声说。他没有放开我，把我推在墙上，用膝盖顶开我的双腿。我竭尽全力想要推开他。"文森特在。"我说。他又一次扑向我。打斗过程中，我们撞翻了一个架子，金属抽屉散落一地。我用没被他控制住的手抽了他一耳光。他大吼一声，还了手打了我。我们摔倒在地板上。男人的体重，男人的力量，我根本没有办法与之抗衡，但这件事最有趣的地方是，当他打算进入我身体时，实际上是我在决定他是否立刻结束攻击，这个权力属于我，属于我这个可怜的女人，是由我来决定是否要把这个蠢货送回老家，要不是我像个疯子一样拼命挣扎，也许我会笑起来。

下午即将过去，不过天气依然晴朗。我轻轻地摇了摇文森特的肩膀。我在他几步之遥的地方受到侮辱，他却一直傻乎乎地在酣睡。他问我他在哪里，他揉了揉眼睛，笑着对我们说他睡着了，可这明眼人都看出来了。"该回去了。"我说。他坐了起来。帕特里克替我们拿来了大衣。我不去看他。他送我们到门口。文森特和我走了出去。如果仔细观察我们俩，会发现和我儿子相比，我一直缩在后面，我利用这点差距，突然转向帕特里克，用我的嘴唇轻轻蹭了一下他的嘴唇，然后当作什么都没发生继续朝着我的汽车走过去，脸颊依旧火辣辣的，仿佛在斥责我。

夜晚到来，文森特又开始来来回回踱步。他时不时走到窗前，停下脚步，往外看，看着夕阳一点一点沉下去，然后他又迈开步子。他看起来十分焦虑，与之相反，我正在按照吉诺·索尔比洛的菜谱往披萨饼底上添加配料，我感到非常轻松，神情悠闲，肩膀放松，心情闲适。

最后，他跑来问我还有没有大麻可以抽，因为他坚持不住了，乔西那边一点儿消息都没有，他受不了了。"别急，他们不会飞走的。"我对他说，但我没办法让他安心。吃饭的时候，他感觉好些了，不过如果那个婊子——他现在这么叫乔西——给他一点消息的话，他可能感觉会更好，他说道。

他不开心，我很遗憾。我觉得我们住在一起的这几天还不错，完全不同于我和他父亲离婚后的那段日子，那段时光对他和我来说如同噩梦一般，他日复一日责怪我把他父亲赶出家门，责怪我毁掉了这个家，抱怨我冷酷无情。我希望他和我一样对现在的状况感到满意，希望我们都能充分利用好这次意料之外、临时起意的共同生活。

我看着他吃我制作的披萨。此刻，我感到非常幸福。我还没想明白。当然，我还没从下午的事件中缓过来，或者我还沉迷其中？我当然感到害怕，我隐隐觉得羞耻，我明白帕特里克和我在洗衣房里做的事儿有些病态，那种疯狂的关系、粗野的拥抱，但我必须实话实说，我必须正视事实：我喜欢抱着他的身体，我喜欢和他四肢交缠，我喜欢他的生殖器进入我的身体，我喜欢他沉重的呼吸、潮湿的舌头，他的手像鹰爪一样禁锢住我灼热的手腕，手指插进我的头发，他的嘴强硬地撬开我的嘴唇，我喜欢这一切，我享受这些时刻，我不能说违心的话。好几次，我都把他当作幻想对象，而且并不觉得多么奇怪，纯粹的快乐是如此稀有，我到现在还觉得疲惫不堪，小口小口地咬着我的玛格丽特披萨。

我们坐到桌边开始吃饭的时候，本来观察力不强的文森特突然盯着我看，嘴角隐隐约约带着几分微笑。"你这是什么表情？"他问我。

我眼睛瞪得圆圆的。"我不知道，你说什么？"

"你明明在走神？"

"是你抽了大麻，文森特，可不是我。"

我笑了笑，借口说要去沥干生菜里的水，站起身离开桌子，匆匆结束这个刚起了头的谈话。我感觉被人抓了个现行。

幸好，他又陷入了自己的思绪中。他被剥夺了做父亲的权力，感到十分痛苦。他把我忘了，我正好悄悄走开一会儿，整理了一下头发，用冷水擦了擦额头和还有些微微发红的脸颊，恢复了良家妇女的形象。

过了一会儿，他真的再也坚持不下去了，此时我心情不错，也想不出别的主意，于是提议去看看现在究竟是什么情况。我还没说完，他已经急匆匆地穿上了运动外套。

我们开到他们公寓楼下，看到窗子里亮着灯。我们停好车。我看了看文森特。"现在我们怎么办？听着，我建议你什么都别做。看，他们就在这里，一切都很好。你可以放心了，不是吗？你知道，这也是她的儿子，她不会吃掉他的。文森特，你在听我说话吗？"

不，显然，他没听我说话。他身体向前倾着，脸转过去，眼睛盯着那扇窗。然后他对我说："求你了，我就去五分钟，你在这里等我。""不行，听着，亲爱的，这可不是个好主意。"他把手放在我的手上。"不会有事的。"他回答道，"镇定点。我只是想把耳朵贴在门上听听里面的声音。"

"什么？？！太愚蠢了，别这么做。"

"好啦。我已经长大了。"

我看着他冲进楼房大门。我没熄火，好让车子里暖和一点。这是个周六晚上，街道十分安静，冰冷的风吹过寂静的夜晚。说到底，他才是他命运的主人。错误和失败会帮助他长大。他马上就要二十四岁了，我不该介入他那些事情。他知道我的看法，至于听不听，那是他的事。我把车窗开了一条缝，点了支烟。我预感今天一定会睡个好觉。天啊，太可恶了。我查看了一下手机，没有任何消息。我还记得遇见里夏尔之前认识的一个男人，在性生活方面，他给我留下了极其深刻的印象，那回忆依然鲜活地留在我脑海深处。我觉得帕特里克唤醒了某些我已经遗忘的感觉，我曾担心再也不会有那样的感觉了，因为据说人生中只会有一次性高潮。

我命令自己不要匆忙决定，待在原地，保持头脑冷静。显然，这个问题没有解决办法。我很清楚，亲吻帕特里克的嘴唇什么都解决不了，我非常后悔离开的时候赏了他那个吻，多么愚蠢的行为，像个心智不全的青春期少女，仿佛之前发生的那些事还不够似的。与此同时，我看到文森特突然冲出门厅，然后向车子快步跑了过来。他怀里抱着那个小婴儿，跳上后排座位。"开车！快开车，该死！"他对我吼道。

我一言不发地开动了车。过了一会儿，我停下车，转过头问文森特是不是彻底疯了。我开始列举他可能引起的麻烦，可爱德华突然像只恼怒的小动物一样发出吼叫，声音大得快要震破我们的鼓膜，我根本没办法继续说下去。

文森特让他安静下来。我通过后视镜观察他，发现他干得不错，游刃有余。

"家里有奶粉吗？"他问道。

"你觉得我家会有婴儿奶粉吗？还有一堆尿布？把这孩子还给他妈妈，你听到了吗？"

他不至于蠢到不知道他的行为是没有出路的，他无疑过于草率了，但我想其实他得到了他想要的。他带着爱德华去楼上洗澡。他对这个孩子表现出的关心和温情让我感到震惊。我从来没想过他会有这一天。他向乔西表示他已经准备好继续和她斗下去，什么都不能让他退缩。一石二鸟，很好。我在壁炉前烤火，然后给乔西打了电话，和她解释了一下现在的情况。

她接起电话就对我发了一通脾气。听她的意思，文森特的行动在公寓里引起了推搡，结果小音箱被撞得粉碎。

"别担心你的小音箱，乔西，我会搞定的。至于你的孩子，他现在很安全，你知道我们不会伤害他的。你随时都可以来接他，乔西，明天你方便了再来。文森特明白他这样做很疯狂。话说回来，其他都还好吧？他有没有弄坏别的东西？我听到他们在我头顶上笑，他在给宝宝洗澡。不，这都是什么事儿啊！"

"可是，是你帮他开车的。"

"什么？我开车？什么？啊，是的，是我在开车。但你希望我怎么做呢？乔西，我是他母亲。你会明白的，你很快就会知道这意味着什么。不过，结果好就行了，不是吗？是我开的车，可我害怕得浑身发凉，你知道吗？你恨我吗？好啦，求你，让我们忘掉这件事。你喜欢看电影吗？我帮你订阅电影频道吧，你觉得怎么样？"

"我还喜欢动物和历史，还有人体。"

我从来不知道这姑娘如此幽默，还是正相反，她是认真的呢？我挂上电话，如释重负般地叹了口气，立刻给自己倒了一杯酒。我这一天的心情就像过山车一样，神奇的是雪又下了起来，将房子笼罩在无声的黎明之中。

我站在窗前一边抽烟，一边听达斯汀·奥哈洛兰的《我们轻轻移动》，然后去找他们俩。爱德华躺在床上手舞足蹈，身体裹在毛巾里。"我找到了爽身粉。"文森特对我说。我倚在门框上，点了点头。我平时从来不会到他房间来，不是因为我多愁善感，而是因为在这里除了开窗通风我没什么可做的，两个人肩并肩一起聚在这，那场面想想就令人心烦。

"乔西明天过来。"我说道。

他没有回答。我在阁楼里找到从前属于他的四轮婴儿车，当初里夏尔把它留下来在今天看来是正确的决定，而我那时只想把它彻底处理掉或者把它烧了，确保自己不会再次体验那样的经历。"没什么东西可以给他吃，也没有合适的衣服给他穿，"我取下婴儿车的罩子，"至少给他弄张床吧。"

爱德华睡着之后，文森特来找我。"你躺在那个小车里，我推着你去过好多好多地方。"我说道，"上面挂着很多漂亮的小玩意儿。"他对我年轻时的回忆不怎么感兴趣，更想知道乔西的反应，于是我竭尽所能地将我们的对话原原本本给他复述了一遍。他思考了一下，然后给安娜打了电话，弄清楚几个法律层面的问题。与此同时，我榨了几个柠檬，调配了些格洛格酒。从厨房的窗户望出去，我能看见帕特里克家的灯光，隔着雪幕，那只是闪烁的微光，看不真切，我尽量不让自己去想。

完全不可能，完全不可能不去想。经历，理智，智商，岁月，通通毫无帮助。我感到十分羞愧，我在伤害自己。事情这样发展下去，我还能剩下多少自尊？我思考起这个问题。文森特出去搬了些木柴进屋，一阵冰冷的风穿过房间，把我冻僵了。

很遗憾，我不是虔诚的信徒，不然拜访一下神父也许会有点用，因为信仰是人世间最好的解药。我想，也许传统的忏悔会使我平静下来。我希望有人能让我相信上帝看顾着我。

我们正在讨论那些最容易分手的情侣之间的关系多么脆弱——随着时间流逝，文森特逐渐认同他父亲和我都有错，安娜来了。她一边脱大衣，一边跟我们说她和罗伯特过不下去了，那个男人也许一直是个放荡的人。

"你指的是什么？"我问道，心里隐约有些担心。

"他有个情人。"她说，"可你们能想到吗？"

她和我们一一拥抱。多亏了壁炉的火光，他们都没发现此刻我脸色惨白。

她抓住文森特的两只手。"可怜的宝贝，"她继续说道，"我们俩的感情生活最近都不顺利啊。"

"给你喝点我的酒。"他答道。

"罗伯特？他有情妇？"我轻声问道。

"你们俩可坐稳了，他的婚外情应该已经持续好几年了。"

"他妈的，这真够刺激。"文森特发表自己的看法。

"你怎么看呢？"安娜问我。

"听着，我还没从震惊中缓过来。"

"我也大吃一惊。我得坐一会儿。"

"我很惊讶。"文森特表示同情。

我站起来，拨了拨壁炉里的柴火，让燃烧更充分一些。从来没有人认为她和罗伯特是对模范夫妻，他们之间的感情一直不温不火，似乎罗伯特的背叛并没有让她感到非常痛苦。

"我并不是说这对我毫无影响，我说的是这对我影响不大。"她字斟句酌地表达了这细微的差异，"从昨天开始，我觉得家里住着个陌生人，你们想想这有多愉快，我觉得我完全不了解这个男人了。"

我点点头。我回到厨房，又倒了几杯格洛格酒。回到他们身边，文森特刚好记录下了一位律师的地址。雪继续下着，炉火发出噼噼啪啪的声响。他上楼去看宝宝睡得好不好，我把酒放在桌上。

"我应该庆幸他没带什么毛病或者别的麻烦回来。"她叹了口气。

"你饿了吗？吃过东西没有？"我问道。

听她说她不认识那个女人，也不想知道是谁，我感觉轻松了许多。"我不清楚。"我说道，"也许你是对的，你知道，听说这件事，我感到很遗憾。"

"你不需要感到遗憾。我还好。生活嘛，总是充满了这样的琐事。"

我抬起手臂，她身体挪过来，头靠在我肩上。几分钟之后，文森特从楼上下来，看到我们俩，他笑了笑，安娜举起她的手臂，文森特走了过来，靠在她的肩上。我们望着壁炉，都不说话。接着，我走开了，上床睡觉。

当他还是个没长毛的少年或者再大一点，有几次，在不同场合，我常常想他们之间是不是发生过什么，但我从来没有得到过确切的答案。这个早晨，我的猜想也没有得到进一步证实，我不知道他们是不是一起睡的，还是她睡在沙发上。我大概永远也不会知道了，这次我仍未发现他们之间有任何能说明问题的蛛丝马迹，他们之间那些表达温情的小动作，是他出生以来就一直存在的，我没有注意到任何不同寻常之处，也没有发现什么新情况。

文森特出门去买宝宝需要的东西，我下楼的时候，看见安娜仿佛抱着易碎的珍宝一般把小婴儿紧紧拥在怀里,她低着头看着他,轻轻摇晃着身体,显得那么温柔和蔼,不知情的人真的会以为她就是孩子的母亲。她已经经历过两次失败,失望就像个开放性伤口无法愈合,越来越深。我退了回去,避免打扰她。文森特回来了,他们以为一楼只有他们两个人。我偷偷观察他们的眼神、接触,想找出能把他们联系在一起的细节,但他们太厉害了。我觉得有些可笑。

总之,他们面对爱德华构成的二重唱显得相当滑稽,有点错乱的二重唱,似乎他就是他们的孩子。我本来打算出去转转,却最终留在屋里。

阳光明媚,积雪在橡胶雨靴下发出吱嘎吱嘎的声响。散步是世界上最美好的事情。我走到帕特里克家门前,他正在花园里打扫门前的雪,没有穿外套。看到我时,他对我做了个友好的手势。"哈啰,您好吗?"他对我大声说,露出灿烂的笑容。

"还好。您呢?"

他把臂肘支在铁铲的手柄上,微笑着看着蓝天。"我完全恢复了。"他答道。

"是吗?"我用怀疑的语调反问道,"您想说什么?恢复?"

我摇着头,想了想。

"我们得聊聊,帕特里克。"

"我知道，没问题。"说完，他低下了头。

"我们得尽快聊聊。您要知道，您给我带来了非常可怕、非常可怕的问题，帕特里克。"我们紧紧地盯着对方看。我先收回目光，转身离去，不再等待他的回复。我走了几步，然后又停下脚步，转身再次面对他。"我也是，您也许没想到，我也和您说的一样，恢复了。"我说道，然后继续离开，不过我走得很慢，慢慢恢复呼吸。

乔西拒绝和我们一起喝咖啡，不过我已经提前打发安娜去我的书房，以免她们俩碰面。我找出一盒美味的巧克力，打开盒子，放在桌上。她说她当时非常生气，要不是我及时拿起手机给她打了电话，告诉她情况，她早就报警控告文森特擅闯民宅、行凶绑架孩子了，但是毕竟发生了这些事，她也不打算坐下来同我们心平气和地聊天。我完全理解她。这完全由她说了算，但我不能对她这么说。

"你们俩都想想孩子，多为孩子考虑考虑，不要总是想着自己。"我说，"动动脑筋，努力好好相处。"

她冷笑道："本来就该这样。"

"好的，好的。"文森特叹了口气。

"这个道歉有点短。"

套在他身上的那件荧光绿连体滑雪服的拉链似乎有点问题，把他变成了苍蝇，不过这位母亲是个九十五公斤重的女人，穿着一件难看的银光闪闪的青绿色羽绒大衣，让他们俩看起来挺登对。

我努力让她恢复理智。"让他接受这份工作吧。"我说,"现在可不是拿工作开玩笑的时候。你很清楚,现在形势不一样了,乔西。"

"你别搅和。"她说道。

"你才别搅和。"文森特答道。

我立刻闭了嘴,猛地拉了一下拉链,把卡住的地方拉开了。

我们目送她离开。"她也就只能这样了。"我说,"时间站在你这边。三天之后,她就会累坏了。"

乔西已经转弯,消失在青色的树林中。"不,别太自信了。她不是第一次让我感到意外了,可能还会有下一次。"

乔西回去之后,安娜又待了一会儿,她肯定都听到了,但她假装什么都不知道,仔细听文森特讲述了一遍,以了解情势。在这方面,安娜是专家。如果我们不弄清楚文森特对乔西的感情,她就会变成一个很棘手的问题。但他了解自己对她的感情吗?这就是症结所在,所有困难都来自他的不确定性,也许他自己都没意识到。安娜十分精明,她打探最新的情况,因为乔西在文森特心中的分量好像并没有我们想象的那么无关紧要,他并不像嘴上说的那么无所谓,我们必须不停地更新自己的认知,否则就像风突然转向一样,我们和他可能很快就会处在相当尴尬的境地了。

她也要离开了,我陪她走到门口,她一边戴手套,一边头也不抬地咕哝道:"准备好,我们要受苦了。"

"什么意思?"我问。

"就是说,我们要准备受苦了。"

她拥抱了我一下,就跑了,留下一头雾水的我。

第二天在办公室,趁和她单独在一起的时候,我让她给我解释清楚。"我后来又想了想你离开的时候对我说的话。"我说。

"她会伤害我们的。我能感觉到。不过这是没有办法避免的事。她会伤害我们的,你知道。"

我们在一起抽烟。"这个星期才刚开始,就想着这些不开心的事情,真是让人提不起精神来。"我说。

"是啊,我知道,但你想怎么样呢。"她叹了口气,"我有预感,就快发生了。"

文森特杵在咖啡机前面倒咖啡的时候,我仔细地观察他。午饭时间在餐桌上,我也仔细地观察他。下班的时候,我也仔细地观察他。但我不知道我在寻找什么。

不管怎么说,因为怕他误解,我没敢问他是不是打算长期住在我家,但是他在这里,确实让不少事情变得复杂了,比如建立秘密关系。

有几天,我一度对乔西把他撵出门感到非常高兴,我充分享受他的陪伴,我充分享受他住在这里的每一分钟,我喜欢他在这里吃饭，洗澡，睡觉，在走廊的另一头叫我，穿着睡袍在房子里溜达，快步从楼梯跑下来，打扫花园。他不仅仅是个访客，还有许多其他原因让我十分乐于见到他在这里。但自从洗衣房那荒诞的一幕发生之后，我更愿意一个人待着，避开别人的目光，按照自己的想法过日子。简而言之，我更希望他不在这里，然而他就在这里，在我面前，碍手碍脚。多亏了乔西最终同意文森特每个礼拜有两个晚上可以去照看爱德华，三天之后，我终于再次见到帕特里克。

夜晚已经来临。我给自己倒了一杯杜松子酒，然后叫他过来。我让他进屋，再让他给自己弄杯酒。我有点激动。事情没有这么简单。

"事情没这么简单。"我对他说，"说到底，您只是个下作的强奸犯，您强奸了我！您知道自己对我做了什么吗？您觉得我能原谅您吗？"

他坐了下来，双手抱着脑袋。

"哦，不，说话！"我十分生气。

我点了支烟。

我开始在房间里走来走去，他抬起头。我拿起大衣。"到外面去。"我对他说，"我们去透透气。"

屋外非常寒冷，月光恰到好处。我们没走远，就在屋前待着。在这清透的夜色中，我们俩肩并肩站着。"说真的，"我说，"今天空气真好，您不觉得吗？说点什么吧。您不冷吗？"

"不冷。"

"真的吗？可是您只穿着衬衫。"

"不冷，不冷。"

"您设身处地地为我想过吗？"

我的眼睛没看他，但是他呼出的热气进入了我的视野范围。"我该拿您怎么办呢？"我问道，"帮帮我，告诉我，我该怎么办？"

我偷偷瞄了他一眼，看得出，他并没比我了解得更多，他似乎也仍在努力理解，想要搞明白，但只是白费力气。

"我没办法。"过了一会儿，他终于开口说道。

"我知道，我眼睛没瞎。"我答道。

他继续大声说："用其他方式，我没办法勃起，您明白吗？！"

这次，我坦率地看着他，耸了耸肩，又移开了目光。"多么荒诞的故事啊！"我叹了口气。

我观察着天空，一两分钟过后，我提议回屋取暖。

我再次与帕特里克碰面已经是两天之后的事情了，等到文森特去照顾爱德华，我才得以自由行动，我们又来了一次，为了壮胆，我们一起喝了杯酒。他迫不及待地扑到我身上，我们俩粗暴地在地板上翻滚打斗起来。他撕扯我的衣服，我大声叫嚷。我真的对他拳打脚踢，他扼住我的喉咙，

178

揍我，占有我。

周末，我去买了很多廉价内衣。

深思熟虑之后，我们决定举办艾维制片成立二十五周年庆祝派对。文森特已经被免去了归档的工作，因为那花不了他多少精力，我们给他安排了更艰苦、更重要的任务，因此我也不可思议地得以清净几个晚上。他成天忙忙碌碌，四处奔波，从打印机到供应商，总有一堆看似永远解决不完的问题等着他，他倒是都能冷静处理，以至于回家路上他在车里睡着了。一到家，他就上楼回自己房间，可以说他的夜生活结束了，但我的夜生活才刚开始。

我先躺下，读一会儿书——我对大卫·福斯特·华莱士的作品并不完全满意，不过总的来说还是非常出色的。然后我去他的房间门口待了一会儿，确认他是不是睡着了，如果门缝底下没有光线透出来，也听不到什么声响的话，我就踮着脚尖悄悄离开，出门去。

我穿过花园，一直走到路边，穿过马路，静静地走过一片空地。空地中央有几丛被厚厚的白雪覆盖的小树丛，积雪在月光下闪烁着细小的光。我双手插在口袋里继续前进，路上只有我一个人。我听到一声鸟鸣，微微笑了起来，想到文森特可能醒来，然后发现我不在家，感到一丝甜蜜。我向帕特里克家走去，他家的窗户亮着，烟囱冒着烟。

帕特里克认为在地窖里，我可以尽情呼救、尖叫，不必担心会吵醒邻居，这也让我很放心，因为我不知道该怎么解释半夜发出惨遭杀戮一般的叫声，也不知道如何解释到了现在的年纪自己怎么还会沉湎于这样的傻事，参与这种病态的游戏。

我没有给自己时间来好好思考，没有一分钟是属于我自己的，如果我有幸与帕特里克见面，我们的时间总是被异常有力的搂抱占据，我缺乏必要的距离来审视这件事，把认真思考的时间一推再推。大概我也害怕这一切站不住脚——我无法排除这种可能性。

不会有人相信我从这恐怖又变态的扮演游戏中没有得到乐趣，我从来没有否认过，我也从不认为我们之间的关系是柏拉图式的。我感觉自己从漫长的沉睡中清醒了过来，我曾经非常谨慎地处理我和罗伯特的关系，那段关系逐渐淡漠，终于崩塌结束了。

我心里明白事情不可能永远这样继续下去，我们得尽快找时间聊聊，但又害怕一旦我们触及这个话题，一切立刻烟消云散，这种担心阻碍我付诸行动。原路返回的时候，我感到既快乐又痛苦，嗓子几乎发不出声音了。他每次都提议送我回家，但我更喜欢像来的时候一样独自走回去，让清冷的夜晚给我身体和思绪降降温。

一天晚上，劳累了一天之后，文森特告诉我他和乔西的关系距离重归旧好还远着呢，如果无法以更为平等的方式照顾爱德华，他打算走法律程序。

"比如说，"他解释道，"我可以晚上下班的时候去接他，早上上班前，再把他送回去。我可以晚上给他弄吃的，帮他洗澡，哄他睡觉，早上帮他换好衣服，梳头，喂他吃早饭。"

我只是随声附和，表示同意。反对他的想法，提醒他他准备承担的责任十分重大而且非常荒谬，这会有用吗？我能让他听进去吗？回家前，我们打算去喝一杯。安娜加入我们。庆祝派对的事让她有些焦虑，另一方面，在做出最终决定之前，罗伯特应该住在酒店里，但他经常在他们的公寓里转来转去，一会儿来找他没带走的某条领带，一会儿又回来找某双皮鞋。"真是累死人了。"她叹气道，"我猜他是故意这么做的。"

文森特去洗手间的时候，我嘱咐安娜别支持文森特那个疯狂的念头，按照他的想法，我们得在晚上——而不是白天——照看一个还在吃奶的婴儿，这是最糟糕的时间段。"想想，工作了一天之后，我还会愿意去照顾新生儿吗？请你好好想想。我不想这样。"

"你想要什么？"

"我不知道。我不想要这样，仅此而已。我想每天回到家，好好泡个澡，其他什么都不想要。"

"但这对他来说很重要。"

"我觉得现在的节奏正好。每两天一次,对我来说已经很累了。别再得寸进尺。没用的。你得明白,我也想有几个安安静静的晚上。每个人都得有自己的空间,你知道的,这也很重要。"

"听着,我可以让他们每星期来我家住一两个晚上,或者其他的办法,你觉得呢?"

"我觉得他不会成功的。让他误以为自己能做到,并不是在帮助他。"

"我们一起帮助他。我们能成功的。"

我沉默了,低头用吸管喝杯子里的金汤力。

那天晚上,我声嘶力竭地吼叫、呼救,像疯狂的动物一般激烈反抗。结束之后,大汗淋漓的帕特里克翻身下去,躺在我身边,喘着粗气,接着他双臂交叉,对着天花板微笑。他吹了声口哨,然后夸我刚才演得太出色了,异乎寻常。我注意到他好像流了鼻血。他用手肘支撑起身体,出神地打量着我。

文森特的活儿干得不错。他在巴黎大图书馆公寓城市酒店前租了条驳船,找来一个英国音乐主播,其余的都是和福楼餐厅讨价还价搞定的,每一件东西都物美价廉,全公司上下都觉得相当满意。他乐于助人,对于我们交代的工作,他也能全心投入,我们开始觉得雇用他并不仅仅是因为要照顾他,尤其是对我而言,因为安娜从来没怀疑过,她说。但是当然，还有些问题。他和乔西的关系给一切蒙上了一层阴影，破坏了他的心情。每次回家路上，我耐心地听他详细地讲给我听，我知道他们还没达成一致，关系还是有点紧张。让我放心的一方面是，我注意到乔西什么都不打算放手，我的忧虑为时过早；让我担心的一方面是，我经常在仪表盘暗绿色微光中瞥见文森特阴郁固执的神情。我一度担心父亲遗传了某些东西给我，担心我只是这根该死的遗传链上该死的一环。

"告诉她我想见她，告诉她我要和她谈谈。"

为了避开一个摇摇晃晃地骑着城市共享自行车的人，我拉了一把方向盘。

车子颠了一下。"看着点路。"他说道，"他妈的，你在开车。"

他咖啡喝得太多了。

"你一直在发火。"我对他说。

庆祝派对前一天，他仍然在四处奔忙，确保一切都检查过了，蛋糕会准时送到，确认不会下雪，也不会有交通罢工，保证派对顺利进行。接着他给乔西打电话，他们似乎又为了时间安排问题吵架了。他走到远处去，因为他们的交流伴随着大声嚷嚷，变得越来越激烈。很快，我听到他们的对话变成了没完没了的互相指责，颠来倒去毫无新意，接着他从后楼梯消失了，背后仿佛拖着一条火焰。

他跟我说他一夜没合眼,即使吞了两片地西泮,也毫无改善。他在手机上玩了几个小时纸牌接龙游戏,直到黎明才停下。"我搬了些木柴进来。"他对我说。

我轻轻摸了摸他的脸颊,打了个哈欠。半夜里,我去见了帕特里克,少睡了几个小时,但我不后悔。

"丽贝卡回来之后怎么办?"我问过帕特里克。

他帮我捋了一下被汗水浸湿、粘在额头上的一绺头发,微笑着说他肯定会去酒店开间房。"就像我们的朋友罗伯特那样。"他笑着补充道——只有我自己知道听到这句话是什么感觉。他说丽贝卡回来路上会在卢尔德停留一下,还半开玩笑地猜想她会不会改道继续去耶路撒冷甚至比加拉什朝圣。我仿佛飘在云端,更确切地说仿佛被某种云雾包裹住了,它使得其他东西无法触及我,或者说即便触及我,那力量也被消减了大半。这次我们是在他家车库做的——在他汽车的引擎盖上。我承认这让人难以回到现实之中,但不能继续这样下去了,必须尽快和他说清楚,就在未来几天。

文森特准备了早餐。"太棒了。文森特,谢谢。你坐会儿吧,什么都别干了,休息一下,放松一点。"

"我现在静不下来。你要知道,我已经很努力了。"

"镇定,镇定。肯定会有很多人来的,有吃有喝,一切都会顺利进行的。"

"我给她打了一晚上电话,她都没接。"

"她当然不会接电话，文森特，晚上她在睡觉。正常人晚上都要睡觉，你知道。"

他预备了鸡蛋，我只需要煮一煮。"听着，文森特，我不认为纠缠她是个好办法，你明白吗？我觉得她是会加倍还击的那种性格。"

他低声咒骂了几句。他让我觉得很难过。如果他能忘记乔西和她的孩子，如果他能不管他们，让他们继续过没有他的生活，我该多么高兴——其实他们已经开始了这样的生活，而想要爬上一辆行驶中的汽车总是更加困难而且需要更多技巧。只要他放手一次，只要他忘记一次，就结束了。但我克制住自己，没有告诉他我的想法。再过几个小时，那个让他焦躁不安的庆祝派对就要开始了，我不想冒险。

没有人知道我和帕特里克之间的关系，但他现在也算我们的熟人了，所以我们把他放进了邀请的客人名单。他来接我，因为乔西一直不接电话，我把汽车借给了心急如焚的文森特，好让他去乔西家看看。

文森特才出门，帕特里克就来了，我们听着汽车发动的声音，他微笑着看了看我。我简单地和他解释了一下，感觉到他的神情变了，然后我笑了笑。"别想了。"我对他说，"别逼着我放毒气杀死你。"

"我是您的，米歇尔。"

我抚摸着他的手臂。"我们早点回来。"我一边说，一边

185

放肆地捏了捏他的胳膊。"我保证。"我继而补充道,噘着嘴,直视着他的眼睛。

"我好难受。"他的气息喷在我的脖颈里。

"希望您说的是真的,帕特里克。"

我已经忘了拥有新情人是一件多么愉快的事情,至少在最开始的三个星期里,在他身边的每一刻都充满了惊奇、激情和新鲜感,玩乐、躲躲藏藏、保守秘密、开玩笑都令人身心愉悦。当我们走进寒冷的夜色中,他对我说我棒极了。"这是我喜欢听的话。"我心想,"这就是世界上最厉害的毒品。"

一些冰块反射着灯光,沿着塞纳河顺流而下,擦过驳船黑色的船身继续前进。

里夏尔对于他儿子与乔西这段时间的矛盾不太了解,我借机提醒他要学会分配时间,如果他还想弄明白周围正在发生什么,就不要把百分之九十的时间都花在埃莱娜那里。他冷笑了一下。我听说过,埃莱娜成功地让埃格萨奥纳影视公司的人读过他的剧本——我从来没能做成这事儿,想来他自己也是这样认为的。我猜他剩下的百分之十的时间都用来去教堂点蜡烛为自己祈祷了。"不管怎么说,从昨天起他就没有收到消息。"我说道,"这不是什么好的信号。悠着点,和他聊聊。"

他表示赞同,递给我一杯香槟。一条可恶的观光船驶过，驳船轻轻地摇晃了几下。正常情况下，他早就会反驳我，或者至少认为我没有资格教育他，但是他对我惯有的那种斗争精神仿佛雪花一碰到热就融化一般正在迅速消失。矛盾的是，他不像往常那么好斗，反倒让我有些不高兴。就在我们说话的当口，已经有三个男人绕着埃莱娜转悠了，里夏尔用眼角余光观察那边的情形，表情有些怪异。

安娜与我在吧台会合。她正在找文森特，一切进行得十分顺利，她想对他表示祝贺。我告诉她文森特缺席的原因之后，她皱起了眉头。她什么都没说，握紧了拳头。我没有说出来，其实她对乔西表现出的反感——即便乔西对她也以牙还牙——正是乔西与文森特之间产生矛盾的起因，造成了今天的局面。不过我还是拥抱了她，因为这场派对是为她举办的。二十五年前，我们在医院病房相识，之后启动了我们的事业。我抱了她一会儿，直到某些人开始吹口哨、喝彩。

趁着大家心情都不错，安娜聊了聊自己的感动与骄傲，然后向二十五年来陪伴着艾维制片公司成长的朋友与客户表示衷心感谢云云。接着，所有人鼓起掌来。有几位作家已经喝醉了。香槟的味道棒极了。文森特真的做得很好。我想知道他现在在忙什么，让人给他留了一些小点心。我时不时碰到帕特里克，像两个泛泛之交的朋友，说两句无关紧要的话，这个场景有些滑稽，因为我们脑子里都只想着一件事，那就是我们即将到来的欢爱，在这样的情形下互相装作冷漠，似乎别有一番情趣。谈到帕特里克，安娜凑在我耳边悄声说她不明白为什么我还没投入这位迷人的邻居的怀抱。我用眼角余光仔细观察他。"你不觉得他有点普通，有点平淡？"我问道。

文森特终于出现了，但是只有他一个人来了，他的脸色像纸一样苍白。真是个善良的人。我上了岸，走到他跟前。"她不在家。屋子里一个人都没有。"他含混不清地说道，"该死，她跑了！"

我挽着他的手臂，一起转身往驳船走去。"不是真的吧？你确定吗？"

"我等了一个小时。后来住楼下的一个家伙跟我说看到她拿着一个包走了。"

"就这些？"

"什么？还需要画出来吗？"

我拉着他走进船舱，好让他欣赏一下自己的工作成果，让他为自己毫无差错地如期完成项目高兴一下。安娜过来支援我，把他带走了。我把刚听说的事情讲给里夏尔听。"她带着包又抱着孩子，能去哪儿呢？"他耸了耸肩，问道，"她肯定不会走远的。"我同意他的看法，要不是文森特这么紧张，要不是他出现之后一直愁眉不展，我才不会为乔西的命运多担心。

我让里夏尔尽其所能去安慰文森特，似乎只有父亲知道该怎么做。他往埃莱娜那边望了一眼，眼神里透着几分担忧。埃莱娜今天穿着鲜红色的细高跟皮鞋，身边一直有很多人。我明白他的感受，好比夜里把阿斯顿·马丁停在了一个人们从来不会让自行车或者破旧的小电驴留在外面过夜的街区。

他终于点了点头。

"你是位好父亲。"我对他说。

他继续点着头，一副心不在焉的样子。

"里夏尔，"我说道，"如果你觉得你一转身，她就会被人掳走，我建议你最好尽快和她分开。不然你只会感到痛苦。"他属于和我共同生活过又分开了的新品种男性，在某种光线下，出乎意料地仍然给人一定程度的好感。

蛋糕足足有乒乓球桌那么大，砖头那么厚，涂满了蓝白色大理石花纹奶油，上面还插着看着像巧克力牛轧糖做的庆祝艾维制片成立二十五周年的装饰物。我和安娜吹了蜡烛，在掌声与喝彩声中做了一回明星，然后我就让安娜做主角，因为我发现她真的从中感到快乐，而且我需要利用这个时间把第一批切成小块的蛋糕分给大家，顺便和几位客人聊几句。我对安娜眨眨眼，她对我报以灿烂的笑容。我看到里夏尔穿过那些椅子，走到文森特身边，把一只手搭在他肩上。我在吧台碰到帕特里克，现在这个帕特里克是那两个帕特里克的混合体，两张面孔介时宜地重叠在一起，让他看起来既迷人又丑恶，有些像父亲给我的感觉。我留心着自己不要和他挨得太近。"还好吗？"我问他，"没有太无聊吧？"

他似乎找到了几个熟人，邀请我和他们一起喝一杯。我远远地看了一眼是哪些人——一个在艺术区开画廊的可怕的法国女人。我立刻借口说要和文森特去紧急处理一下汽车的事情溜走了。一瞬间，他流露出了失望的表情，但很快恢复如常。为了安慰他，我偷偷地抚摸了一下他的手。

我很高兴又见到了几位老朋友，尤其是其中一对夫妇，他们曾为我们画过一些艺术家的肖像，这次他们还带着十八岁的女儿，但以前我从来不知道他们还有个女儿。这个叫作阿丽特的姑娘已经怀孕七个半月了，如果我没理解错，孩子的父亲不知去向，但她依旧洋溢着幸福的光彩，容光焕发。我还和几位编剧喝了几杯，他们在讨论一个精彩的故事。我微笑着听他们聊天，但由于周围的喧哗声、笑声、哇啦哇啦的说话声、背景音乐，我什么也没听明白。我和安娜在矮桌之间溜达了一会儿，时不时停下来和宾客们聊天。时间一点点过去，我在这条驳船上度过了一个美妙的夜晚。这里的每个人都一样，我们都在这条静静地停在塞纳河上的驳船上度过了一个美妙的夜晚——除了我儿子，他刚刚收到可怕的短信。夜已深，我不知道为什么这姑娘凌晨一点还不睡觉，要知道不久之前她可不是这样做的，而且，除了用那些该死的短信对着文森特发动攻击，她就没有别的事情可做了吗？

"不用来找我。"短信写得很清楚。我把他的手机还给他。我看着他的眼睛,他低下了头。

"如果让她看到你还固执己见,你就完了。"我对他说。我在他身边坐了一会儿,然后轻轻抚摸了一下他的背,站了起来,因为我知道他没有更好的办法了。

稍晚一些,当我以为他在洗手间——据他说乔西的失踪让他感到身体非常不舒服,他给我打电话,告诉我他正蹲守在她家楼下,他想留着车子。"她肯定会回来的。"他对我说,"我得在这里守着,等她回来。"

"听我说,文森特,我不清楚,也许你说得对。不管怎样,现在晚上非常冷,别着凉了。但你得知道,总有一天,你得给我解释一下为什么你要给自己找麻烦。"

"嗯,嗯。"

"我是认真的。"

一小时之后,派对依然热火朝天地进行着,但我想回家了,我猜我不是唯一一个抱有这种想法的人。帕特里克急不可耐地看了我几眼,我尽可能加快节奏,但我不能就这样悄无声息地离开,对那五六位我们当作金主爸爸捧在手心里的大人物,我绝不能做出如此无礼的举动,否则安娜和我就可能失去不可缺少的支持。人不可能随随便便就获得成功,不是吗?

等待让帕特里克不爽,我走出去的时候,他已经坐在车里了。里夏尔让我又多待了十分钟,我把最近发生的起伏转折详详细细给他讲了一遍,他告诉我他花了一个小时劝说文森特安安静静地等待乔西自己现身,因为乔西显然不是个随和的人,如果他使用武力,估计只会引起她更大的反感。

"没让你等太久吧?"我有些担忧地问。帕特里克一言不发地发动了汽车。还是个小男孩,我心想,尽管我立刻注意到他外表上的不同。

我观察了一会儿他的侧脸,他的嘴唇。"帕特里克,您脾气很坏吗?"

我觉得自己有点喝醉了,但我不想和他争吵,因为我还记得出发时给他的允诺。想起这件事,我身上某种阴暗的欲望苏醒了。其他男人,用爱抚或亲吻就能搞定,但帕特里克是个特别的存在。如果他不在那个情景里,我什么都做不了。

现在,我不愿去思考。我感到十分羞愧。有几次醒来,我都觉得透不过气。每当我问自己这段让我沉沦的感情能否有个让人满意的结局,我的思想直接陷于瘫痪。一声叹息堵在我胸口,我保持沉默。我希望这是场疾病,是因为没有洗手而造成的细菌感染,或者是某种我缺少抗体的病毒,但我很难赢得这场比赛,我连自己都说服不了。

"就算这样,您还是把我给抛在一边。"他终于开口了。我们行驶到了莎玛丽丹那几座挪作它用的丑陋建筑附近。

"不是,当然不是。"我说,"我也有……我的职责,我的义务,您明白吗?而且不是因为您,而是那个女人,那个在艺术区开画廊的女人,您想不到吧,我认识她,我受不了她,所以我避开她,没关系,她很快就会在她那身紫红色套装里爆炸的,您不觉得吗?"

过了一会儿,他提议停车,在树林里做,因为他忍不住了。他用手背擦了一下嘴。我提醒他现在室外温度是多少,立刻让他打消了自己的幻想。"我和您一样迫不及待,帕特里克,但这不行。"

他露出贪婪的笑容,加了一脚油门。

他非常兴奋。快到家门口的时候,他俯下身,打开手套箱,翻出了他的面罩,兴致勃勃地把它抛在我脸上。我抬起眼睛向上望了望,而他发出一声冷笑。黎明似乎在地平线那端微动起来。他兴奋极了,伸手抚摸我的头发,然后突然一把抓住,以便控制住我。他打了一下方向盘,我们到家了。客厅的玻璃窗映出壁炉里最后一点炭火微弱的红光。

见我们回来,马蒂躲到楼上去了。事实上,是我的尖叫声把它吓着了。

我知道这尖叫声特别有说服力,仿佛真的来自心底的愤怒,如同一支发起猛攻的军队,占据了我的身心;然而,我知道这尖叫也属于我从他身上获得的极度欢愉。

这种游戏让我觉得羞耻，但这羞耻感不足以阻止这一切。我向他提议先喝点东西，再开始扮演我们的角色。我不反对按照老样子预热一下，但他没有回答，狠狠地推了我一下，把我推翻在地。

这完全在我意料之外。我一下子蒙了，倒不是因为这一推的力量有多大，更多是因为惊讶。趁他戴面罩的时候，我也出其不意地抓起一把椅子，向他的腿砸过去，他跳了起来。我觉得这个在我上方的男人现在就是魔鬼本身。他撕扯开我的裙子。我大声叫了起来。他试着抓住我的手或者控制住我的双脚。我推开他。他又把我抓住。我继续尖叫。他整个身体压在我身上。我在他手臂上咬了一口。他挣开手臂，努力把他的生殖器插到我双腿之间。一阵兵荒马乱，他长驱直入，而我觉得下身湿了，叫得更大声。我看到文森特出现在他身后。我还没来得及说话，就听见帕特里克头骨裂开的声音——我儿子手持木柴，送他去了另一个世界。

我是唯一知道真相的人，只有我知道这不过是角色扮演，我会守住这个秘密，直到把它带进坟墓。这无疑对文森特更好。如果他得知被他杀死的男人只是在参加他母亲也沉溺其中的堕落游戏，他肯定不会像今天这样和颜悦色地面对我。毫无疑问。我一边心平气和地思考着，一边给花园里的花浇水。它们渴了。天出奇的热，尽管才六月中旬，却有一种盛夏的感觉，而且现在虽然水雾送来阵阵清凉，夕阳仍然炙烤着我的脸颊。

尽管我在伊雷娜墓前曾经承诺过，但过不了多久，蜜蜂都会消失的，我看到有几只正围着绣球花嗡嗡地飞。我又看了一眼罩着爱德华的纱帐，他还没醒，文森特和乔西趁他在睡觉去树林散步了。

我往手臂和腿上涂了些防晒霜。我刚刚看到乔西也抹了防晒霜，我又一次惊讶于这几个月发生的变化，她变得让人认不出来了。

现在她对我挺随和的，但我一点也不信任她，我和安娜之间至少还有这一点共识。事实上，我认为她非常讨厌我们，因为我们没有张开手臂欢迎她，她全新的美貌首先是为了展示实力。

下午有两拨人来看帕特里克和丽贝卡之前住的房子，我看着房产中介离开前把百叶窗关好。"这房子不好卖。"她说，"人们都知道……那个年轻女人，太可怜了，真可怕！"一时间，我误以为她说的是我。

我点了支烟，小心不让烟雾往婴儿床那边飘。他醒了，开始咕咕哝哝。我正坐在躺椅里读约翰·契弗的小说，于是伸出一条腿，用脚尖帮他摇了几下。除了地震，什么都没办法让我放下这本书。

他们准备回自己家去，和我拥抱告别。文森特告诉我他在快客快餐店找了份工作，我祝贺了他。

我把马蒂抱在怀中，目送他们离开。

直到周末结束，我都是一个人。

我觉得懒洋洋的。我还没从那件事里走出来，它对我的影响比我自己认为的要深得多，不论用什么样的方式提起它，总是让我心碎，让我感到痛苦。悲剧之后，我把所有精力都放在了照顾文森特上。我还记得我做的第一件事：当时我身上只剩一件被撕成碎片的短上衣和褪到脚踝的长筒袜，我立刻把他推到厨房里去，如果他还是个孩子，我会立刻捂住他的眼睛，带他跑开，避开这可怕的场面。帕特里克的身体还在抽搐，头骨开裂，鲜血从面罩下方渗出来，仿佛奶油从漏勺流出来一样。我根本没时间照管我自己，整理思绪让自己平静下来也不容易。我可能缺镁，说实话当然还缺少一大堆其他东西。

我不想谈论那事。此刻，我有些想念伊雷娜。不巧的是，这阵子我和安娜的关系也有点僵，罗伯特太过坚决，我别无选择，只能把我们背着她做的事情告诉她。不管怎么说，我没有朋友了，现在无论好事坏事，我都没有电话可打。我俯身放下手机，继而拿起柠檬水。马蒂费力地跳到了我腿上，我发觉它好像有只爪子疼，然后在我的肚子上转了几圈，又看了我一眼，躺了下来。我轻轻笑了一下，它平时很少表现得如此亲昵，不过我对变化持开放的态度。

我对安娜坦白后，好像某天里夏尔和罗伯特在酒吧打了一架。我不想知道细节，也不觉得那和我有什么直接联系，现在我们之间的关系改善了，尤其是他又恢复单身之后，但我没有找到给他打电话的理由，便放弃了，继续一个人听着风吹过树梢的声音和鸟儿的鸣叫。我闭上眼睛，透过薄薄的眼皮感受日光一点点变暗。我知道他也无法接受这么多年来我一直背着他们和罗伯特上床，他希望能因为这件事与我和解，希望我不再——特别是当年那一记耳光 对他心生怨恨，但恐怕我做不到。

昨天我们还为了这件事吵了一架，他认为我表现得极端固执、冷酷——他忍住了，没说我残忍、让人害怕。我拒绝去见父亲最后一面，被他看作是我那可怕的顽固不化的完美例证，所以我们的交流变得相当激烈，我不接受由他来评判我对那个待在监狱里的老家伙的态度，于是戴上耳机，播放起彼得·布罗德里克的歌曲，看着他的嘴唇在空气中嚅动，等他自己说累了停下。我心情不佳，拒绝和他去城里吃晚餐，即便到了今天，他依然不明白人不可能一直妥协，有一条界线不可跨越，有些人就是该下地狱。

我在冬季经历的那些不幸遭遇，让他觉得需要尽可能地迁就我，不要使我过分不快，但是如果他知道真相，如果他知道我曾沉湎于那可怕的游戏，如果他知道事情完全不是表面这样的，我敢打赌他肯定不会是这个态度——其他人也不会，更别说文森特了。

只是想一想，就让我觉得喉咙发紧，难以呼吸。

我在这件事上显然负有很大责任。但同时，我又要感谢上天，帕特里克确实强奸过我——至少一次，否则我一定已经被负罪感搞疯了。不管怎么说，他为自己的错误付出了代价，这个想法是我唯一的救命稻草，让我得以坚持到现在。我不知道这个理由够不够充分，然而我也想不出别的来，那真是一场噩梦、一场灾难。马蒂趴在我的肚子上，发出呼噜声。天气不错，夜晚到来了。我听到远处的狗叫声，过一会儿我就要回屋了。

随着时间的推移，回头再看这件事，我不知道为什么当初我会接受参与这种骇人听闻的游戏，除非性能解释一切，但我不太确定。说到底，我不觉得自己是这么奇怪、这么复杂的人，如此强大又如此弱小，这完全出人意料，孤独的体验、时间流逝的感觉、对自己的感受，都出人意料。最放肆的体验都已模糊，当然，对我来说不仅是模糊。有时，那些交欢的场景似乎又出现在我眼前，不知道为什么，我仿佛作为第三个人目睹了那个场面，我仿佛飘浮在那两个疯狂身体上空，旁观他们在地板上打斗，我对自己的表现感到非常吃惊。当时我发了疯一般发出可怕的尖叫声，显然这让我们没有听见文森特到来的声音，也让他以为帕特里克想杀死我。在他的进攻下，我毫无招架之力，事成之后，我因为过于兴奋身体止不住地颤抖，看到这一切，我激动得快要流泪了。如此强大又如此弱小。

我站了起来，马蒂跳到了地上。它已经是只老猫了，动作有些迟缓，我刚刚没有留意它。我向它道歉，然后带它去厨房，给它切了一片蜜瓜。我看着它摇摇晃晃走过来，显然还没睡醒。悲剧发生之后它逃走了，大概有两个礼拜我都没见着它。每天晚上，我都走到窗边，一遍又一遍呼唤它的名字。只有它知道一切，只有它目睹了整个过程，因而我觉得它特别重要、特别珍贵。我没有给调查人员提供什么有价值的信息，我对里夏尔说我不知道帕特里克和之前强奸我的男人是不是同一个人，因为我没见过那个男人的脸，但是我觉得不是，因为帕特里克比那个男人更高大、更健壮。调查到此为止，警察们走了，我要求其他人不要再在我和儿子面前谈论这件事，一切就此打住。马蒂看了看我。我不知道它想要什么。我俯身轻轻抚摸它。它挺直了身体。它是我高傲而沉默的同谋。

半夜里，我不知道为什么突然醒了过来。但我没有开灯，等了几分钟，周围一片寂静，于是我又睡了过去。

早晨，它的心脏已经停止了跳动。它死了，死在我床前的小地毯上。窗帘有些薄，阳光强烈，我起身，关上百叶窗，让房间沉浸在恰当的幽暗光线中。然后我又回到床上，我没有去看它，也没有触碰它，让它待在原位。我悄无声息地哭了起来，不仅因为它离我而去，还有其他种种原因，我一直哭到下午过半，T恤和床单都湿透了，仿佛噩梦中突如其来的一场暴雨。

直到我的眼泪哭干了，我才开始处理它的遗体。我从阁楼里找出一个帽盒——大概是伊雷娜二十来岁时买的物件，把它装了进去。我又添加了几件属于它的东西：铃铛、梳子，还有一个兔子皮做的老鼠玩具。我把它葬在了花园的一棵树下。

电话铃声响了起来，但我没有接。

悲剧之后，我一直在照顾文森特，寸步不离，我得支持他、保护他、开解他。接连几天，我睡觉时，都开着卧室门，以便随时听到他那边的动静。我还得照顾里夏尔，春天的时候，埃莱娜为了一个年轻的编剧而把他甩了，当他感到孤独、需要找人聊聊天的时候，我陪着他去逛酒吧、喝酒。这些我用在别人身上的办法对我自己毫无效果。我讲的那些话对我自己没有任何帮助。如此强大又如此弱小。

第二天，我顺路去快餐店看了看我儿子。他穿着新的制服。我告诉他马蒂死了，他问我它是不是寿终正寝的。他看起来并不怎么讨厌新工作，开始在餐桌之间穿梭，微笑着走来走去。不过过了一会儿，安娜告诉我，我去看他之后，他就给她打了电话，告诉她我看起来不怎么好，准确地说他的原话是我"愁容满面"。

这里离伊雷娜墓地不远，我借机去看看她。父亲就葬在她旁边，但我从来不去打理，我只在半边墓地摆上鲜花，我也从来不对他说话，仿佛他不存在一样。

"马蒂死了。"我说道。如同人们盼望的那样，天空湛蓝，到处可见棕榈树。墓园里没有别的访客。我站了几分钟，然后我的嘴唇开始颤抖，声音含混不清，我迅速走了出去。我知道她在对我说："我的女儿，你怎么把自己弄得像个胆小鬼！"

傍晚时分，安娜的车子停在我家门口。我看着她下了车，然后沿着小路向上爬。我让秋千吊椅轻轻晃动了一下，吊椅发出了一声悠长的吱呀声。

天气依然十分炎热，她也光着两条手臂。

"马蒂死了。"她走进来时，我对她说。

"嗯，我知道。"她一边回答，一边在我身边坐了下来。

她把手放在我的手上。我们的肢体至少三个月没有互相触碰过了，我们只保持着工作关系。"我在想是不是应该把一间房出租给大学生。"我说。

月色很美。马路的另一侧，就离我们几百米的地方，银光闪闪的草坪上，帕特里克的房子像个发光的玩具。他们修剪了草坪和树篱，擦拭了玻璃窗，拆除并更换了供暖炉。我想如果还是卖不出去的话，中介的那位女士也可以把它改造成姜饼屋。

"你把这间房租给我就行了。"她望着眼前的景色，提议道。

"哦……"我微微晃着头答道。

Philippe Djian
Oh...
© Éditions Gallimard,2012
2024 SHANGHAI TRANSLATION PUBLISHING HOUSE(STPH)
All rights reserved.

图字:09-2018-068号

图书在版编目(CIP)数据

她/(法)菲利普·迪昂著;戴巧译.—上海:
上海译文出版社,2024.6
书名原文:Oh...
ISBN 978-7-5327-9610-6

Ⅰ.①她… Ⅱ.①菲…②戴… Ⅲ.①长篇小说-法国-现代 Ⅳ.①I565.45

中国国家版本馆CIP数据核字(2024)第100655号

她

[法]菲利普·迪昂 著 戴巧 译
责任编辑/黄雅琴 装帧设计/董茹嘉

上海译文出版社有限公司出版、发行
网址:www.yiwen.com.cn
201101 上海市闵行区号景路159弄B座
徐州绪权印刷有限公司印刷

开本787×1092 1/32 印张6.5 插页5 字数98,000
2024年6月第1版 2024年6月第1次印刷
印数:0,001—6,000册

ISBN 978-7-5327-9610-6/I·6031
定价.68.00元

本书中文简体字专有出版权归本社独家所有,非经本社同意不得转载、摘编或复制
如有盾害问题,请与承印厂质量科联系.T:0516-83852799